KB098879

나무의 입술이 움직이기 시작했다

이 도서의 국립중앙도서관 출판예정도서목록(CIP)은 서지정보유통지원시스템 홈페이지(http://seoji.nl.go.kr)와 국가자료종합목록 구축시스템(http://kolis-net.nl.go.kr)에서 이용하실 수 있습니다.
(CIP제어번호 : CIP2020053136)

J.H CLASSIC 065

나무의 입술이 움직이기 시작했다

홍명희 시집

지혜

시인의 말

이것은 소리다
소리 없이 사라진 소리이고
소리를 내지 못하고
소음 속으로 빨려 들어간
흔적 없는 소리다
소리의 실체를 이룰 수 없었던
엉성한 자음과 모음의 낱글자들이다
그 소리의 낱글자들이
마음껏 날아가 스스로 뿌리를 뻗고
자유로운 소리의 음吟으로 자라나길 바란다

2020년
홍명희

차 례

2부

3부

4부

5부

6부

• 일러두기

한 연이 첫 번째 행에서 시작될 때는 > 로 표시합니다.

1부

바람의 기억

바람은
시작된 곳으로 되돌아 간다
바람의 흔적을 찾아
근원지로 달려갔을 때
이미 바람의 모습은 보이지 않는다
종적을 감춘 바람의 동굴 속에서
미세한 숨소리를 더듬어
그 옷깃을 잡으려는 것은
바람 속에 녹아 있는 에스메랄다 향을 모아
주머니에 담으려는 것과 같은 몸짓이다
벼락을 동반한 빗속이나
높은 산을 넘을 때를 제외하곤
바람은 언제나 낮은 곳으로 흐른다
여덟 개의 다리를 가진 거미는
몸속에서 진액을 뽑어내어
바람의 방향을 따라
천사의 머리카락을 만들어 내기도 한다
양귀비의 넋은 바람을 타고 흐른다
민들레의 웃음도 바람을 타고 기구처럼 날아간다
지혜로운 여인은 젖은 옷을 말리고

아이들은 하늘로 연을 날린다

수명을 다한 꽃잎은 바람을 핑계대어

사방으로 흩어진다

바람의 기억은

내려앉은 꽃잎 속에 담겨 있다

공

바닥에 내려 꽂혔을 때 튀어 올라야 했다
공과 손바닥 사이
공간을 축으로
손바닥 하나가 들어갈 듯한 간극에서
확실한 결정을 해야만 했다

잡으려고 애쓸 때 공은 손에 잡히지만
잡히는 순간 이미 떠날 채비를 하지
공 안에는 공이 있어 공밖에 가둘 수 없지
빈 것을 가득 담고
세상을 다 가진 양 휘파람을 불었지
찰수록 더 높이 날아올랐지

손가락을 빠져나간 공
콘크리트 바닥에 심장을 문질러대며
절규하듯 솟아올랐지
칼날에 베인 작은 틈으로
종일토록 붉은 안개가 흘러나오듯
바늘구멍보다 작은 구멍으로
공속에 담았던 빈 것들의 열망이 사라져갔지

>

내 오래된 주머니 속에 공 하나가 있지
그 공 하나에 갇혀 시간을 삶아 내지

그 공속에 갇히어
그림자 같은 삶의 뒤편을 우려내며 살지

하루살이의 춤

음습한 지하 주차장 사각의 벽 모서리
검은 깨를 한 줌 뿌려 놓은 듯
수백 마리의 하루살이가 모여 있다
두 갈래로 휘어진 꼬리를 무희의 치맛자락처럼 치켜 올리고
두 쌍의 투명한 긴 삼각형 날개를 오므리어 등에 붙인 채
숨을 죽여 기도하는 저 하루살이들
깊고 냄새 나는 시궁창을 거슬러 날아 왔을테지
하천 밑바닥 혹은 깊은 숲속 웅덩이 어디쯤에서
이끼와 미생물로 배를 채우며 천날 밤을 지새웠겠지
주어진 하루의 생애
비행이 허락된 시간은 충분하지 않다
한 영혼을 부르는 아름다운 춤사위를 위해선
최대한 몸무게를 줄여야 한다
하룻밤의 축제를 위해 입을 내어 주는 대신
온몸이 입이 되어 나긋나긋 선을 긋는다
선과 일치되는 법을 연습한다
마지막 해가 지기를 기다린다
눈을 감은 채
단 한 번의 비상을 위해 도약을 준비하는 발들이 경련을 일으킨다

비가 내리면

숨 막히던 천날의 기다림은 물방울 속으로 사라진다

허기진 배의 굴곡 사이로 식은땀이 흐른다

불이 켜진다

현명한 하루살이들은 보다 안전한 가로등 밑으로 모여들고

낙원을 탈출한 하루살이들의 무모한 몸짓은

하루의 정점에서 핏빛으로 타오르는 불꽃이 된다

발화다

뜨거운 춤사위가 혀의 모닥불 위로 펼쳐진다

사금파리로 빚은 씨앗

해 그림자가 비껴가는 오후 다섯 시
골목 안에서 아이들이 모여 소꿉놀이를 한다
깨진 기왓장 조각내어 밥그릇 만들고
돌멩이로 곱게 가루 내어 밥을 짓는다

담벼락 밑에 사선으로 자라나
속눈썹처럼 매달린 답싸리 잎을 뜯어 접시에 담고
콩새가 물고 가다 힘에 부쳐 떨어뜨린
작은 나뭇가지 주워 놓고 수저라 부른다
밥그릇 두 개, 수저 두 벌, 반찬 한 가지

여보 식사 하세요
꽁지머리 계집아이 희고 통통한 손
손나팔을 만들어 소리를 치고
허리 뒤춤 때 낀 두 손 포개어 잡은 까치머리 사내아이
팔자걸음 양반 다리 밥상 앞에 앉는다

하하하 호호호 넘치도록 풍성한 저들만의 만찬
타오르는 노을 위 봄 물결처럼 웃음이 번지고
골목길 뛰어 놀던 삽살개도 따라 웃는다

>

사금파리 밥그릇에 꾹꾹 눌러 퍼 담은 따끈한 밥상
도담도담 익어 가는 앵두 한 알
서툴러도 모자라도 부끄럽지 않다

오늘 연습은
깨진 기왓장으로 그릇 만들기, 풀잎 반찬으로 웃음 만들기
낮은 굴뚝 위로 아지랑이처럼 푸른 연기가 피어오르듯
아주 작은 약속들이 씨 주머니의 알갱이로 기억되는 순간

담장 밑 채송화의 초록 주머니에
앙증맞은 씨앗 한 알로 숨어 드는 시간
저녁 종소리가 실로폰 위로 울려 퍼진다

배꼽 그 혼란한 매듭

삶은 배꼽에서 얽힌다
한 점의 기억으로 의식은 싹이 튼다
어머니의 살결이 비릿하게 녹아 있는 양수 속을 헤엄치며
살점 하나하나 만들어 가던 고요한 집중
기억은 경험의 둘레를 벗어나지 못한다
저울추를 통과하지 못한 언어의 기억은 혼란을 일으켜 세운다
혼란을 빚어내는 정제되지 못한 언어의 기억들은
배꼽을 중심으로 원을 그린 내장 속으로 비린내를 풍기며 파고든다
꿈틀거리는 내장 안에서
삶을 유린하는 은밀한 음모들이 익어간다
짓눌린 기억은 돈벌레의 섬세한 바퀴처럼 배꼽을 향해 기어든다
미로 속에서 장님처럼
더듬거리며 혀로 핥은 모든 것의 아우성은
때론 흑백으로 때론 총천연색의 물감으로
낙지의 빨판처럼 달라붙는다
기억의 음각은 시계 바늘이 멈춘 밤에 일어난다
더 큰 어둠이 천천히 걸어가는 어둠의 정수리를 지배하듯
어둠을 훑어 내고 잠이 든 사이

기억의 파편들은 유령처럼 흐느적거리며 어둠의 살을 부풀린다
기억이 하나의 점으로 남아 있을 때
그 기억은 기억의 전부가 되어 기억을 지배한다
잘라내지 않고서는 풀 수 없는 매듭
묶은 자의 심장 속에서 콜타르처럼 녹아내리는 덫
기억의 습관으로부터 벗어나기 위해
만삭의 배를 어루만지며 소독된 가위를 꺼내 든다.

날

날 하나가 손끝을 파고들었다
비둘기의 깃털처럼 보드라운 날을 칼이라고 생각하지 않았다
낡은 관을 구르는 미세한 전류처럼
날은 온몸 구석구석을 흘러 다녔다
흘러 다니며 곳곳에 음각을 새겨넣었다
눈에 다다랐을 때 날은 오래된 조리개를 덮고
어둠을 새겨넣었다
귀에 다다랐을 때 날은 고요라는 움직임을 새겨넣었다
입술 사이 나란히 마주보며 서 있는 치아의 벽을 지날 때
균열을 새겨넣었다
겨울 창처럼 얼어붙은 목덜미를 지나
단단한 팔꿈치에 다다랐을 때
굴절이라는 뉘우침을 새겨넣었다
손가락 사이 뼈마디를 스쳐 지날 때
망설임을 잠재우는 결단을 새겨넣었다
오래된 치즈처럼 엉겨 있는 뇌 속을 행진하며
망각이라는 숨의 날개를 새겨넣었다
울컥울컥 붉은 장미를 토해내는 심장을 지나며
천천히 노래하는 낮은 음 자리를 새겨넣었다
무릎을 지나며

머무르고 기다리는 온쉼표 다섯 개를 새겨넣었다
중력으로 퉁퉁 부은 발바닥을 간질이며
날은 발가락 끝으로 튕겨져 나간다
날은 날것들 사이에서 살아있는 것들을 향해
산란을 마친 수조속의 늙은 열대어처럼
오후 여섯시를 향해 흐느적거린다.

못

못은 모자란 곳에 박힌다
박고 싶은 자의 손에 잡혀
박고 싶은 자가 택한 지점에 박혀진다
가로와 세로 높이와 두께 박힐 곳의 단단함을 계측하여
선택된 위치에 뾰족하게 놓여진다
뾰족한 상태로 붙들린 못은
망치질과 더불어 불꽃을 일으키며
모자란 곳으로 파고든다
단숨에 박힌 못은 제 자리를 찾아 휴면에 들고
서툰 자의 손에 잡힌 못은
비명을 지를 틈도 없이
예측하지 못한 곳으로 튕겨져 나간다
튕겨져 나가 구부러진 못은
오래된 네모난 깡통 속으로 버려지고
인색한 자의 망치 아래서
협착증 환자처럼 허리를 난타당한다
잘 박혀진 못은 흔들리지 않는다
통째로 부수지 않고서는
뿌리를 뽑아낼 수 없다
모자란 곳에 박혀 모자람을 대신한 못은

빈곤한 웃음으로 하루를 견디며
힘겨운 것들의 등허리를 받쳐준다
갈라진 틈과 삐걱거리는 모서리에서
못은 숙련공의 익숙한 망치질을 기다리며
뾰족한 웃음을 흘리고 있다
고운 노래가 살을 파고 들 듯
못은 못 속으로 파고든다

효시嚆矢*

수평선 아래 모래바람이 일고
팝콘이 터지듯 거대하게 층층의 구름이 부풀어 오른다
요란한 방울 소리와 함께 어디선가 수천 마리 수만 마리 말 달리는 소리

펑펑펑 신호탄이 거대한 전봇대 폭죽처럼 하늘 끝으로 쏘아졌다
하얀 손이 어린 소라와 조개 해파리를 조그만 녹색 상자 안에 넣고 자물쇠 번호를 돌린다
웃으며 달려오는 네 발 달린 짐승들은 꼬리마다 원통형 다이너마이트 배터리가 칭칭 검정고무줄로 묶여있다 동물들은 언제 터질지 모르는 화약을 달고서도 천진스런 표정이다

이미 결승선을 통과한 커다란 별들이 팔장을 끼고 동물들의 경기모습을 지켜보고 있다
맨 앞에 달려오던 키 작은 토끼와 노루 작은 동물들의 모습이 보이지 않는다
바다 한가운데 공중, 잠실운동장만한 귀를 펄럭이며 점보 코끼리가 의기양양 날고 있다
점보 코끼리 머리 위에서 작은 드론 하나가 안테나를 뽑아 올

리고 무언가 지령을 내린다
하늘 높이 솟은 코끼리 코에서 물대포가 쏟아지고 바다를 가득 메운 동물들은 혼비백산
지척을 구분할 수 없는 짙은 흙먼지 속 아수라장을 달려간다

뿌우뿌 나팔소리 고동소리가 천지를 진동한다
바다는 먼지구름 속에서 단단한 육지로 변하고 끝을 모르는 광야에서 동물들이 거대한 해일이 밀려오듯 마구마구 달려온다
눈앞에서 벌어지는 광경에 방파제에 서서 신기한 듯 구경하던 어린 나는 갑자기 공포를 느낀다 심장이 쭈쭈쭈 줄어들어 콩알만해 진다 어린 내가 가파른 수암골** 언덕을 정신없이 달려간다 언덕 중간 파란양철담장판자집 앞에서 4년 전 돌아가신 어머니가 젊은 얼굴로 서 있다
내가 달려 지나간 길 위에 짙은 파랑색 발자국이 차르르 선명하게 찍힌다
어머니가 새파랗게 질린 발자국을 힐끗 쳐다본다 어머니와 나는 정적으로 가득 찬 어둡고 쓸쓸한 파란 판자 집으로 들어가 장작더미와 담장 사이에 몸을 숨긴다 집안이 연탄처럼 검고 어둡다

>

지붕 위에 별 하나가 떠 있다 별이 훌쩍거리며 운다 울음소리가 점점 커진다 별의 한쪽 눈이 넘쳐나는 눈물 때문에 찌그러진다

별 울음소리가 커지자 어머니는 얼른 별의 목소리를 내어 헛기침을 금금 토해 추적사들을 따돌린다 이 모습을 지켜본 초승달은 가슴이 먹먹해져 목이 막힌다 눈이 마주친 달이 갈증 때문이라며 눈물을 닦는다 달이 눈물을 삼킬 때마다 눈물이 찰랑찰랑 달의 몸에 쌓인다 눈물이 달의 몸을 부풀리고 달은 차차 보름달이 된다

* 수평선 아래서 작은 먼지바람이 일고 거대한 팝콘처럼 뽀얗게 부풀어 올랐던 어느 날의 꿈 이야기.
** 청주시 수동 대성여고 뒤편, 큰언니와 큰오빠가 고등학교시절 자취하던 산동네.

나무의 입술이 움직이기 시작했다

나는 나무의 가느다란 줄기 하나가 내미는 동그란 열매를 손가락으로 받아먹었다

열매는 구운 은행처럼 연한 연두색이었고 말랑말랑했다

혀끝으로 열매를 굴리자 입안에서 노랗고 비린 피라미 맛이 났다

노란 알갱이에서 어린 피라미들이 깨어나기 시작했고 파닥거리며 입속을 헤엄치기 시작했다

입안이 간지러워라고 말하자 나무의 눈이 내 손을 잡아 그리고 눈을 감아라고 말했고

나는 약간의 어지러움을 느끼며 그네에서 막 내린 것처럼 잠시 흔들렸다

마음으로만 눈을 떠 그럼 날 수 있을거야

나는 홀린 듯 심장 속에 깊이 숨겨 두었던 두 눈을 꺼내 엄지와 검지 두 손가락으로 집게처럼 눈꺼풀을 열었다

작고 낮은 웃음소리가 먼저 흘러나왔고 희미하게 나무 같은 것들이 걸어 다니는 것이* 보이기 시작했다

아침이 오고 있었다

* 예수님이 눈먼 장님의 눈을 뜨게 했을 때, 장님의 눈에 처음 세상이 비추인 모습.

민달팽이의 사과나무

마을이 끝나는 길목
칙칙한 담쟁이가 얼기설기 그믈처럼 얽혀 있는 곳
담장이 높다란 대문 없는 집
어린 아이의 간을 꺼내 먹는 문둥이가 살고 있을지 몰라
백년 묵은 구렁이가 떼를 이루고 산대
흉흉한 소문만 여름 산에 둘러친 검은 구름처럼 무성한 집
그 집 안으로 들어간 건 우연이었어
신발 감추기 놀이를 하다가
날이 어둑해 지며 깽깽이 발로 신발을 찾고 있었지 엄지손톱 만한 마이애미 파랑나비가 팔랑팔랑 춤추며 웃고 있었어
빼꾸기 왈츠에 맞추어 따라란딴 딴딴 따라란딴 딴딴
오선지를 따라 오르락내리락 다다른 곳에
아침에 지고 나온 껍질 집을 잃어버렸다고
민달팽이 한 마리가 울고 있었어
민달팽이를 손등에 태우고 비행기 놀이를 하며
껍질을 찾아 달려가다가
툭하고 도토리 하나가 떨어진 곳
빙빙빙빙 원을 그리며
일곱 마리 파랑 나비가 춤추던 곳에
그 집 마당으로 가는 비밀의 문은 열려 있었지

사과나무 잎이 돋고 꽃이 피고 흩날리고
사과 꽃향기가 별이 되어 은하수처럼 흘러가고
열두 그루의 사과나무에
열두 가지 표정을 가진 예쁜 사과가
그 사과 밭엔
민달팽이를 닮은 어린 사과나무가 살고 있었지

검정이란 감정

쉰아홉의 나는 검정을 좋아하고 아직도 여전히 검정고무옷을 입는다
검은 눈망울에 흔들리고 검은 초점에 기우뚱거린다
검은 새벽 검은 외투를 정성껏 손질하고 오늘도 검정무늬 속으로 숨는다

물속에는 버려진 얼굴들이 모여 있다
나는 주머니 가득
낙지와 전복과 해삼의 검은 눈빛을 담아 뭍으로 나른다
파도소리가 수평선 위로 고분고분 눕는다

바다의 속살이 그물에 걸린다
그물은 더 촘촘히 칸을 만들고
침묵이 달아나는 통로를 막는다

그물 사이에서 정사각형이 가둘 수 있는 권위에 대하여 생각한다
네모를 잘라낼 수 있는 거대한 가위에 대해
가위를 가지고 싶은 욕망에 대해
가위를 가질 수 없는 분노에 대해

>

공중에서 물갈퀴를 쓸 수 있는 특허 6202
부채처럼 넓게 발가락을 벌리고
파란 하늘을 통째로 옮겨
기어이 절벽 위에 등대를 세우고 말테다

검정색 선 그라스를 벗고 가만히 바다를 바라본다
파도가 반짝하고 숨겼던 날개를 보여 준다
비늘을 벗겨낸 검정이
여전히 검은 바다 속으로 뛰어든다

무지개

색깔과 색깔 사이의 경계가 분명하지 않아 나는 오늘도 고민 중이다
연속적으로 섞이고 이어지려는 속성으로 인해 색깔을 분류하느라 나의 오른손은 분주하다

하나의 색깔을 경멸하는 자
한 번도 섞이지 못한 따분한 색들의 절규
자세히 들여다보면 너무나 가벼운 물방울들의 입자로 공중은 가득하다

하나의 경계에 여러 개의 경계를 덧대는 불법의 욕심
색깔로 파당을 구분짓는 건 편견인걸까

열정의 빨강과 우울한 보랏빛 사이 냉정한 파랑과 미지근한 노랑 사이
초록의 성깔로 노래할 때 주황빛은 고개를 돌려 외면한다
완벽한 일곱의 색깔을 완성하기 위해 자로 재어 영역을 표시하고 저울에 올려 무게를 다는 일을 반복한다

습기를 머금고 태양의 반대쪽에서 태양을 견제하는 무지개는

신기루처럼 쉽게 사라지기도 한다
너무 뜨거운 태양의 열기 아래서 혹은 명도를 상실한 태양빛 아래서
무지개는 순식간에 변심한 듯 종적을 감추어 버린다

무지개를 잃어버린 사람들이 시력을 잃어버린 것처럼 허둥댄다
갑자기 사라진 무지개는
후미진 골목의 벽이나 전봇대에
한낮의 나방처럼 나방 날개 위의 전단지처럼 붙어있다
나의 하늘도 덩달아 어두워진다

하늘을 상실한 사람들이 허공에서 무지개를 덧칠하고 있다
무지개를 잃어버린 사람들이 하늘위로 허둥대며 날아간다
색깔을 잃어버린 하늘이 어제의 눈빛으로 분홍빛 새끼손가락을 내밀고 있다
귀퉁이를 상실한 파레트 앞에서 나는 오후 내내 고민 중이다

2부

해갈解渴

피는 물보다 진하여서
때로 핏줄을 타고 돌다 엉기기 일쑤였다
엉긴 피를 풀어 돌게 하기 위해
어머니는 바늘 끝으로 손가락을 땄다
솥뚜껑처럼 투박한 손이
사정없이 여린 등을 두드리고
어깻죽지부터 훑어 내려 손끝으로 피를 모았다
이불 홑청 꿰매는 굵은 무명실로
칭칭 엄지손가락을 동여매면
그믐달처럼 손가락 한 마디가 흑빛으로 변했다
돗바늘로 두어 번 머리속을 문지르면
제단 위에 올려진 어린양마냥 생각도 멈추었다
손톱 모서리 쌀눈 옆에
언제나 바늘은 정확히 꽂히고
손끝보다 먼저 심장이 따가웠다
바늘 빠져나간 자리
검은 피가 몽글몽글 솟아오르면
분노와 미움도 함께 빠져나왔다
한사발의 죄를 뽑아낸 듯
어머니의 얼굴이 보름달처럼 웃고 있었다.

무덤

아버지의 발밑에 구덩이가 있다
구덩이 속으로 척척 늘어지는 밀가루 반죽
허리춤을 뚫고 어린 것이 나올 때마다
화덕 위 가마솥은 더 많은 면발을 삶아내야 했다
자글자글
중국식 냄비에선 하루 종일 자장이 끓고
보이를 부르는 목소리는 쇳물도 녹인다
청고 입학 연대 합격
아들의 꿈이 날개를 달고
아버지의 면발도 공중을 난다
면장도 군수도 지서장도
잘난 아들의 성적표 앞에서는 모자를 벗지
올라간 높이보다
두 배로 떨어지는 가난한 면발
중력 때문이겠지
아들의 사라진 꿈을 못 본 체하며
밀가루가 내려앉던 구덩이에 발자국 하나 남긴다

시계

아버지가 중환자실에 누워계시고
첫 면회를 기다리는 동안
시계는 멈춰있다
시계바늘을 움직이려 나는 안간힘을 써 본다

시침이 요지부동이다
사력을 다해 분침을 밀어본다
온 집안을 뒤져 커다란 자석을 가져다
초침에 대 본다
끌려오는 듯하다 이내 제 자리로 돌아서는 초침

아버지의 면회시간을 기다리는 동안
어지러운 내 심장은
가스렌지 위에 올려진 북어조림이었다가
딸기잼이었다가
펄펄끓는 사골국이었다를 반복한다

약속한 시간의 멈춤이
아버지와의 가장 아름다웠던 유년의 한 순간으로
나를 끌고간다

나의 심장이 끈적하게 졸아들고 있다

나는 오늘밤
아버지의 숨소리에 귀 기울이며 밤을 지새워야 한다

거미

웃고 있는 아버지의 어깨 위에
투명한 사다리가 놓여 있다
금방 알에서 부화한 햇거미 들이
여덟 개의 다리를 이끌고 사다리를 오른다
속이 훤히 들여다뵈는 말간 핏줄들
한 칸 한 칸 오를수록
거미의 몸집이 커지고 색깔이 짙어진다
마디마디가 굵어지고
독기처럼 뾰족뾰족 솜털이 자란다
다 자란 솜털이 거미줄이 된다
거미줄에 대롱대롱 매달린 빛나는 훈장들
꼭대기까지 올라간 거미는
온몸에 칭칭
밧줄보다 굵은 거미줄을 휘감고
방향을 틀어 아버지에게로 수직낙하한다
어버지 얼굴이 어느새
거미의 몸빛을 닮아있다

놋대야

꼭 쥔 어머니의 손에는 한 줌의 쌀이 있다
한 줌의 쌀을 얻기 위해 다락논을 오르던
아버지의 두툼한 발이 있고
저녁이면 그 발을 뜨신 물로 감싸 안던 펑퍼짐한 놋대야가 있다
놋대야 안에서 뽀드득 뽀드득 소리를 내며 풀어지던 비탈길
아버지의 종아리가 있다
등짐의 무게만큼 튀어나온 종아리의 푸른 정맥이
아버지와 함께 사라졌다
그 푸른 정맥 속으로 마구마구 뛰어다니던
철없는 아이들 웃음소리
제각기 길을 찾아 날아가는 철새들의 하늘
그 하늘
둥근 우물 놋대야에
어린 청개구리들이 놀고 있다

동전, 십원짜리

그걸 뒤집는다는 건
어쩌면 손바닥을 뒤집는 것보다 쉬울지도 몰라
그렇다면 손바닥은
세상에서 가장 쉬웠던 독점의 자리를 내어주게 되는 거지

이를테면 양면을 둘러싼 껍질에 대한 고백이야
둥근 둘레는
누군가에 의해 쉽게 던져질 때를 위한 소소한 대책이지

온종일 굴러다니던 둘레가 멈췄을 때
당신은 인격이 없는 뒷면을 보이고 엎드려 있다

몇몇 사람들이 바쁜 걸음을 종종거리다
힐금힐금 당신의 뒷면을 쳐다보기도 하지만
하루 종일 쪼그려 앉은 채로 아니면 널브러져 있는 채로
당신의 액면가는 보행자들의 발에 밟히고 있다

탑이라고 소리치고 싶지만
당신의 앞면 역시 거스름돈으로도 부족한 고작 십원짜리
당신의 앞면이 거슬러지는 동안

수백 번 밟혀 단단해진 당신의 뒷면은 깊어진다

당신의 뒷면은
차갑게 식어 한없이 깊어진 저녁의 안식처다

지금은 하루 종일 밟힌 동전들이 돌아오는 시간
눅눅한 오후의 몸을 끌어안는
수백 번 밟히고 수천 번 굴러 오히려 아늑해진 그녀의 품

바닥에 밀착되었던 뒷면을 뒤집고
어머니의 납작한 손이
사그락사그락 쌀 씻어 안치는 소리 들린다

타닥타닥 빗살무늬

말을 혀 밑에 감출수록 집은 점점 어두워졌다
어두워질수록 단단해 지는 벽들
그 벽들 사이에서 뭉툭해지는 호흡 무디어지는 맥박

어둠이 밀고 오는 저녁이나 밤
뿔을 숨기는 희미한 새벽이 빈집을 두드린다
검은 뿔이 돋아난 성난 머리가 투우처럼 담의 여기저기를 들이 받는다

출구 없는 집
입구마저 가난한 유난히도 좁은 집
어린 고양이의 눈빛도 들어 갈 수 없었네
입구를 찾기 위해 아무렇게나 휘갈긴 사인들이 외벽에 가득하다
출구를 찾기 위해 긁어댄 손톱자국들 빗살처럼 선명하다

빈 상자에 어머니 몸이 담긴다
팔십 평생 빗쟁이처럼 굳게 닫힌 문
빈한한 가슴 한 가운데 커다랗게 박혀있는
하얗게 타버린 진주 한 알

살아서 캐낼 수 없던 가슴앓이의 흔적이 단단하게 빛난다

무심한 화장장이의 손이 불을 당기자
화석을 꽃피운 남자의 뜨거운 눈물이
여자의 빈집을 데우기 시작한다

타닥타닥 빗살무늬가 탄다
빛살이 되어 날아간다
처음이자 마지막으로 뜨거워진 빗살무늬 어머니

딸의 핸드폰에서 캐럴이 흘러나온다

한 장 남은 달력
우수수 날들이 쏟아지는 소리가 들린다

벽시계의 바늘은 더욱 분주히 움직이고
째깍째깍 초침이 움직일 때마다
시간이 통째로 바닥에 떨어지는 소리
환대 받지 못한 마음이 툭
바닥으로 내려앉는다

다정하게 내밀지 못했던 손 하나를
가만히 트리 위에 얹는다
무릎을 깁던 초라한 손도 함께 얹는다
사랑하는 얼굴에게 인색했던 눈빛 모아
깜빡깜빡 2촉짜리 별을 매단다

세상 속에 흩어져 있는 분주한 마음을 챙겨
거실 한 켠에 작은 트리를 만든다

충남대 일 번지 유성온천역 건대입구
시린 발들을 녹일 작은 등대들이

가난한 나의 집으로 조잘거리며 모여든다

아기 예수의 방글거리는 웃음소리가
딸의 컬러링을 타고 반짝거린다

십이월의 손끝

십이월의 달력은 절벽을 닮아있네

언 땅 비집고 올라온 푸릇한 어린것들의 웃음소리와
한여름 천둥번개 이겨 낸 뜨거운 햇살과
몽실한 어머니의 젖은 가슴 같은 단내 나는 가을의 눈빛과

파리한 입술 떨며 칼바람 맞서는
단정한 이마 같은 절벽을 닮아있네

십이월의 달력은 벼랑을 닮아있네
높은 곳을 향하여 기도하던 어머니의 숨결이
가쁘게 숨 가쁘게 매달려있네

십이월의 달력에는
큰 아이의 스물세 번째 생일과
푹푹 쌓인 눈길
빈손 감싸 쥐는
언덕 위 예배당 종소리가 들어있네

십이월의 달력에는 참 많은 것들이 매달려있네

아등바등 토닥토닥 맞장구치며
서로의 한숨을 받아내던 면면의 순간들

달력을 넘기는 십이월의 손끝에는
참 아슬아슬하게 한 해를 버티어낸 그녀의 시린 웃음이
캐럴의 음표처럼
참으로 단단하게 매달려있네

풍선을 불며

기차의 맨 마지막 칸에 오르는 것은 고달픈 일이네
새벽부터 지고 나온 짐 보따리를 이고 지고
뙤약볕에 그은 등허리를 구부린 채

마지막 기차를 기다리는 것은 서글픈 일이네

십이월의 플랫폼에서
마지막 열차의 칸에 오르기 위해
가슴 곳곳에 스며있는
절망의 덩어리라든가
한숨이라든가
순간순간 심장을 멎게 하던 아찔한 기억들을 덜어내고 있네

밟힌 곳을 금세 또 밟고 지나가던
야속한 발길들을 누군가 지우고 있네

먹장구름 몰고 와
온 하늘 눈물로 뒤덮던
유월의 붉은 기억을 쓸어가고 있네

>

마지막 칸에 오르는 것은 가슴 떨리는 일이네

비리고 아린 기억을 비워낸
가뿐한 한 장의 티켓을 들고
첫눈 오길 기다리는 아이의 마음으로
십이월의 플랫폼에 서 있는 것은

그곳에서 마지막 열차를 기다리는 일은
풍선을 날리는 일이네
주머니가 작은 사람들이
색색의 빛깔이 되어 풍선을 부는 일이네
작은 씨앗이 되어 담겨지는 일이네

두부조림

두부를 뒤집으며 나는 고향으로 간다
두부를 사기 위해 양재기를 들고 뛰어가던
홍문 시장골목을 떠올리고
고무다라의 얼음을 깨고 두부를 건져 올리던
순애 엄마의 젖은 손을 떠올린다

고향을 떠올리는 시간은 추운 시간이다
오들오들 심장이 추워질 때면
나도 몰래 열 살쯤의 계집아이가 되어 달려가는 곳

고향을 찾는다는 것은
추운 손을 주머니에 감추는 일이다
그 속에 담긴 남루함의 온도를 감지하는 순간이다
두부와 함께 구워지는 고독은
한 고비의 삶을 비워낸 자리에 담겨지는 체온계다

하옥언니는 세 살 적 야반도주한
어머니가 넘었다던 이화령 고개를 바라보며 울었다
언니의 얼굴에는 늘 검은 눈물이 지나간 땟자국이 흘렀다

>

섬마을 선생님이 프라이팬 속에서 뜨겁게 뒤집어진다
둘째 언니의 종아리에 오선지가 그려진다
첫사랑 과학 선생님은 어디로 증발했을까
두부를 뒤집는 날은 잣밭산의 푸른 웃음이 노릇노릇 달궈진다
두부를 뒤집으며 나는 고향*으로 간다

* 충북 괴산군 연풍면 행촌리 626번지, 우리집 전화는 그때까지, 연풍31번.

걸레

대추나무에 아버지의 연이 성글게 걸려있고
아이들은 연을 내리려 고양이처럼 지붕 위로 올라갔다

지붕 위엔 고양이의 세상이 펼쳐져 있다
살금살금 소리 내지 않고 내려다보면
담 밑에서 꼬물꼬물 기어가는 벌레들의 웃음이 보이고
그 웃음의 꼬리를 물고 따라가는 햇병아리들의 종종걸음이 보인다

부채표 활명수가 나란히 꽂힌 화단에는
키 작은 채송화가 어린 강아지와 눈을 맞추고
작은 꽃잎을 눈에 담은 강아지는 마당을 가로질러
분홍빛으로 뛰어다닌다

그 마당 한쪽에 펌프질하는 아버지의 굵은 팔뚝
그 옆에서 산더미 같은 빨래를 헹구는 어머니의 하얀 웃음

그리고, 우리집 안방 윗목에는
힘주어 쥐어 짠 어머니의 삶이
잠든 고양이 발바닥처럼 엎드려있다

3부

석봉네거리

너는 언제나 직선이지
직선인 너는 직선이 아닌 모든 것을 삼킨다
네가 지나간 자리마다
둥글고 가늘고 여린 물방울들이 사라진다
물방울이 가지고 놀던 무지개도 사라진다
처음부터 무지개는 흑빛이었을까
캄캄한 곳에서 찰흙을 빚던 순간이 빛난다
어둠 속에서도 윤기가 흐르던 아이의 머리카락은
이제 자라지 않는다
풀밭에 엎드려 향기를 줍던 어린 달팽이의 웃음도 보이지 않는다
웃음을 물고 달아나던 개미들도 사라지고 없다
반듯한 것만 남아 딱정벌레가 되어버린 거리
꿈틀거리는 것들
휘어지던 것들
덩굴처럼 뻗던 살색 그림자는 사라진다
직선이 삼킨 거리
직선이 일어나 움직이기 시작한다
지루해
지우개를 빌려줘

취사가 완료되었습니다

오른 손에 망치 왼손에 못 하나를 든 사내가 콧김을 뿜어대며 거실에 서 있다
자세히 보니 벽은 온통 못으로 가득 차 있다
천정에도 바닥에도 가구에도 정교하게 박혀있는 못들

저녁 7시 몸통에 못이 꽂힌 사내아이가 송곳니를 내보이고 웃으며 집안으로 들어온다
징이 박힌 하이힐을 벗는 여자아이의 스커트에서 못 레이스가 찰랑찰랑 악기처럼 흔들린다
요리하는 아내의 등 뒤로 뾰족한 못의 발들이 보인다
그러고 보니 도마 위의 열손가락 모두 단단한 대못이다
두 눈에 왕못이 박힌 검은 고양이가 촘촘한 못 창틀에 앉아 꾸벅꾸벅 존다

칙칙칙칙 취사가 완료되었습니다
쿡쿡밥솥 한 가득 뾰족한 못밥이 모락모락 김을 피워 올립니다
이제 밥그릇 가득히 꾹꾹
정겨운 못밥을 담을 시간입니다

철두와 철미

철이란 이름은 나를 철들게 한다

철따라 피어나는 꽃처럼 줄기를 세우고 잎을 틔운다

봉곳이 솟아오른 꽃송이는 함박웃음으로 펼쳐진다 달빛 아래서

그 이름이 남긴 사연은 늘 안으로 스며드는 속성이 있다

소중한 것일수록 바라보면 눈물이 고이고

잡으려면 산산히 부서지고 만다

부서져 손가락 사이로 모래처럼 빠져나가면

손가락 사이에서 작은 강이 흐르고 강은 깊어져 그 속에서

버들치나 송사리 같은 물고기가 헤엄쳐 다닌다

그것은 내 방 창문으로 보이는 달빛이다

달빛이 벗어 던진 낡은 슬리퍼다

구멍난 운동화다

살 하나가 부러진 비닐우산이다

문설주에 박힌 녹슨 대못이다

아 이건 정말 아니야

다시 거기를 빠져나오면 그것은 우산도 슬리퍼도 운동화도 달빛도 대못도 아니다

결코 그런 곳에 머물러 정착하지 않는다

그리하여 그 추억은 졸린 고양이다

갈색 넥타이를 맨 경주마다 그 경주마가 달려 지나간 흙먼지

이는 운동장이다

그 운동장을 뒤덮은 말들의 울음이다 말들의 울음이 퍼진 먼지 알갱이들이다

이 모든 의미를 간직하고

문신처럼 파고드는 이름이 내게 있다

철벽안의 늑대

그의 웃음은 언제쯤 허물어질까
시크하고 점잖은 웃음 속에 시커먼 속내를 감추고 있는 여유롭고 단단한 웃음
그 나긋나긋한 눈빛에 시력을 잃은 어린 여우들이 간혹 다가와 부딪히는 곳
그의 웃음에는 철심이 박혀있는지도 모른다

웃음이 통하지 않을 때 이따금 그는 울부짖는다
어둠을 향해 울부짖는 그의 울음에는 어둠을 통째로 삼켜버린 과거의 욕망이 들어있다
어두운 하늘을 향해 울부짖는 소리는 대낮보다 더 길고 끈적하게 울려 퍼진다

밤은 어두운 것들을 더 어둡게 한다
어두운 것을 좋아하는 부류들은 삼삼오오 떼를 지어 검은 공간으로 이동한다
어둠의 핵을 통과한 어둠이 더 이상 어둠을 간직할 수 없을 때 어둠은 또 다른 어둠을 향하여 음흉한 손을 내민다

웃음도 울음도 통하지 않는 어둠 속에서 누군가의 이빨이 선

명하게 드러난다

고정된 눈빛, 뾰족한 윗입술을 들어 올릴 때 그의 이빨은 날카롭다

숫돌에 밤새 갈아낸 칼날처럼 섬광이 빛난다

그날, 늑대와 맺었던 모든 약속을 폐지한다

이빨을 드러낸 이상 당신은 더 이상 늑대가 아니다

꼬리가 아홉인 교활한 여우와 만나는 순간 그가 쌓아올린 철벽은 무용지물일 뿐이다

빛나는 망치

그의 손에는 망치가 들려 있다
박기 위한 몸짓이고 박으려는 표정이다
저항을 이겨낸 지 오래되었다

오래 세월을 견딘 것들은 단난해진다
여물지 못한 마음과 여물어 가는 마음의 크레바스에서
우리는 늘 단단한 것들에게 채인다

왜 그리 모가 났어
모난 것을 지나치지 못하는 그의 습성은
모난 성격 앞에서 딱딱한 물음표를 던지고
대답이 돌아오기도 전에 불끈 쥔 주먹을 날린다

벽에는 많은 비밀이 숨겨져 있다
벽을 바라보며 오랫동안 이야기를 하다보면
어느새 나는 벽이 되고 내가 바라보던 벽이 나에게 말을 건다
처음부터 벽이었던 것만 같은 착각에
나는 벽창호처럼 그 자리에 서 있다

단단해 지기 위해선 오로지 집중만이 살길이다

애처로운 눈을 돌리다 종종 발등 찍힌 적 있다
연민은 절대 금물 푯말이 눈부시다
오만과 불손을 박는 것이 타고난 임무인양
마음만 먹으면 편견과 아집도 한방에 박아 버릴 수 있다
오호! 빛나는 나의 망치님

꽁치가 구워지는 시간

그 앞에 서면 날뛰던 모든 것의 숨결이 잔잔해진다
파닥거리는 해안선이 손끝에 와 닿는다
미끈거리는 감촉 푸른 바다의 호흡이 일순간 정지한다

새로운 물줄기에 몸을 맡기는 것은
지금의 내가 달아나기를 포기했다는 증거인멸의 방식
그가 쏟아내는 거센 물결에
들끓는 깊은 속을 변명도 없이 내어 맡긴다
온전히 속을 내어주지 않고서도
친밀한 어족이라고 주장하는 당신

어쩌면 우린 그렇게 천천히 뜨거워져야 하는
불가분의 관계
푸르게 붉게 타오르는 당신의 불꽃 위에서
발끝부터 천천히 내장까지 익혀도 아름다울 수 있을 일

그의 호흡이 여전히 나를 데우고 있다
저온 숙성의 방법으로 은밀하고 냉정하게 나를 가두고 있다
고집불통의 인내가 나의 쓴맛과 비린 맛을 잠재우고 있지만
미련한 미련으로 오늘도 뚜껑이 열리길 기다리고 있다

날것의 방식으론 진정되지 않는

오래 익힌 불맛과 손맛이 그녀의 은밀함 속으로 스며들고 있다

달그락거리는 소리

그녀가 웃으면
벌어진 이 사이로
자갈 구르는 소리가 들린다

비탈진 길 위로 힘겹게 굴러가는 리어카 한 대
바퀴는 왠지 네모난 모양이다
처음부터 바퀴는 네모였을까
닳고 닳아 찢기고 찢겨 네모가 되었을까

구르지 않는 수레를 밀며
꾀죄죄한 앞치마가 턱밑으로 떨어지는 땀방울을 받아낸다
고물들 사이
양은냄비 뚜껑을 열고
반쯤 녹아 출렁거리는 얼음 페트병을 꺼내든다

션한 물 좀　줄　까　요

소리는 폐지 더미에 묻혀 들리지 않는다
벙어리 여자가 수레를 반 바퀴 돌아
제자리에서 발바닥이 닳은 사내에게 얼음물을 건넨다

사내의 목구멍에서 달그락달그락
얼음 부딪치는 소리가 들린다

매운 카레 한 스푼

때때로 잠수를 타는 건 그가 종종 쓰는 수법임에도
턱밑에서 갈기가 돋았다

갈기가 돋아나는 원인을 제거하기 위해
피부과를 방문한다
일주일이 지나서야 검사결과가 나왔다
전문의는 정말 사라진 건 액정 위의 지문이라고 오진하고
수신차단 약을 처방한다

오진의 의미를 절친의 착각으로 이해했다
삼삼한 비번
포토샵 프로필 사진이 바뀔 때마다
불안불안 엄습하던 느낌을 소환한다

바꾸어 볼까
카톡카톡 요란스럽게 쇄도하는 당신의 계정
친구신청 메시지가 미녀들로 넘쳐난다

거품을 옮겨주는 버블 티
메뉴에 매운 카레 한 스푼 추가

뜨거운 고구마라떼
단맛 대신 잘 구운 신안소금 투 샷

당신과 함께 퍼즐을 맞추던 아이패드
저장 공간 없음 저장 공간 없음 저장 공간 없음
이제부터 신탄진 7번 출구는 폐쇄다

너와 공유하던 패턴 지움
카톡카톡 깜박이던 알림 진동으로 바꿈
아침잠을 깨우던 알람 무음으로 바꿈

점점 낮아지는 배터리의 수치
주고받은 카톡방 대화가
도미노처럼 기울어진다

좋아요 삭제
최고예요 삭제
당신이 남긴 댓글 삭제

내 손바닥엔 표정을 상실한 핸드폰
턱 밑의 무수한 갈기를 마저 제거하기로 한다

고슴도치

당신과 나 사이 서먹해진 간격에 가시가 돋아 있다

한 뼘씩 마음이 멀어질 때마다
혀끝에서 돋아난 바늘이 서로의 등에 박히고

냉장고의 계란이 상할 때쯤
짧은 네 개의 다리 사이로
통통하게 여문 침묵이 축구공처럼 굴러다닌다

나는 등껍질이 말랑말랑한 딱정벌레
당신은 속이 똑 부러지는 딱딱한 지렁이
편식의 습관은 바뀌지 않은 채

마디가 잘 부러지는 거미 다리는
개수를 세어가며 한 개씩 나누어 먹고
거미의 몸통을 핥는 동안 창밖은 서서히 어두워졌지

올빼미가 날아간 비행의 자리
당신과 나는 뾰족한 주둥이가 달린 얼굴을 잃고
뭉툭한 네 개의 다리를 감추고

밤송이처럼 둥그렇게 몸을 말고 있다

허리를 꼿꼿이 펴고
독사 앞에서도 당당히 가시를 세우던
당신의 호기어린 목소리는 들리지 않는다

한 치의 간격을 두고 가시를 피해 기대던
당신과 나의 거리는 좁혀지지 않고
먼 듯 가까운 듯 가까스로 확보한 우리들의 안전지대
무성한 느낌표 사이로 가시가 돋는다

꼬리 아홉 원숭이

그 남자의 이름은 긴 꼬리 원숭이
붉은 엉덩이를 매달고
나무 꼭대기까지
누렇게 익은 바나나를 나르고 있다

높은 곳을 점령하기 위해
날쌔고 민첩하게
나무 사이를 순찰한다

완전한 비행을 위해
몸을 움츠린다 아주 작게, 동그랗게
아슬아슬 매달린 어린잎들이 덩달아 눈을 감고
두근두근 출발 신호를 기다린다

골목 어귀에 세운 CCTV처럼
당신의 눈은 사방을 훑고 지나간다

의심 많은 손가락은
역광에서도 조리개를 닫지 않는다
햇빛조차 녹여내는 반투명의 눈빛은

질투가 빚어낸 또 하나의 심장
시간과 장소를 불문하고 폭포처럼 끓어오른다

조바심을 감추기 위해 나무에 오른다
축축이 젖은 바닥의 전원을 끄고
점핑점핑
위태로운 침묵의 간격을 벗어난다

긴
꼬리
원숭이
는 오늘도
한쪽 발을 걸
치고 날아갈까 말까
고도의 비행을 위해 각도를
재고 아내원숭이는 최신형 아이폰으로
긴꼬리원숭이의 궤적을 찰칵찰칵 몰카에 담고있다

딱 한 남자

알에서 깨어난 첫날부터
그는 똑바로 걸어본 적이 없다
아무도, 그가 앞으로 걷거나 뒤로 걷는 것을 본 적이 없다
단단하고 마디가 많은 그의 관절은 하찮은 명함처럼 군데군데
꺾여 있다

외출할 때는 언제나 고민이다
잘 다려진 슈트와 와이셔츠를 입었지만
다리가 많아서 각별히 조심해야만 걸리거나 넘어지지 않는다

더 부지런히 움직여야만 앞으로 나아갈 수 있었건만

불혹 무렵, 신용불량자가 되어 사채 빚에 쫓겨 도망 다니던
미끈하고 늘씬한 낙지 같은 여자를 따라 가다가
오른쪽 집게 다리가 부러진 적도 있다

골목 끝 반 지하 우중충한 원룸
꽃게 같은 핑크빛 여자와 살림을 차리고
온 동네를 활보하던 핸섬한 그 남자
입에 게거품을 물며 신세 한탄하는 밤을 목격했다

>

세상은 믿을 게 못 돼
미끄러운 것들은 회를 쳐야 해
채 숨이 멎지 않은 물고기가
남자의 입 밖으로 내동댕이 쳐졌다

자식만큼은
그처럼 옆으로 걷지 않게 하기 위해
그토록 애써 조기교육에 힘 쓴
맹부삼천지교 A++남자

이른 새벽 남들 눈을 피해
모래 틈으로 사라지는 작은 벌레들을 주워 입안 가득 우겨넣던 소심한 남자
단단한 껍질을 등에 업고 소금기 짠한 젖은 모래밭을
하루 종일 달려가는 딱! 딱 한 그 남자

가발을 벗어요

언제나 미소 짓는 저 모발의 DNA를 검색해 보자
모발은 태초를 가장한 위장 혹은 위선
넉넉함을 초월한 길이에는 잘 꼬여진 음모들이 기록되어 있다
순진한 처녀의 웃음과 사기꾼의 능글맞은 웃음
뻣뻣한 돼지의 등 털 혹은 세독의 콧수염

중세의 모발은 신분을 나타내는 권력의 상징
왕비와 후궁의 가채는 기와집 한 채와 맞바꾼 값입니다
공식석상에 가발 하나 쓰고 나타날 수 없다면
귀족과는 거리가 먼 그저 그런 족속

아직 숨기지 못한 정수리는
탈모의 진행이 심각하단 증거입니다
약물로도 치료되지 않은 원형탈모의 반경을 고발하기 위해
빠져 나간 기억을 가발의 명의로 소환합니다
민머리를 숨기는 것은 상처입은 자존심을 이식하는 현대인의 습성

당신에게도 힐링의 시간이 필요하겠지
뽑혀나간 자존심을 수습하듯

엉키고 망가진 밤을 빗질하는 일과를
머리숱이 많은 족속들은 상상도 할 수 없는 일

정수리를 안심시키기 위해서 가발가발제발 당신
주문을 하고 주문을 외우지만 주문이 되돌아옵니다

가발을 제조하기 위해 기발한 착상을 증언대에 세운다

모발이식에 성공하면 지금 쓰고 있는 가발을
아궁이 깊이 태워버릴 거예요
바람과 땀에 취약한 고혈압을 불러오는 통가발이
이제는 더 이상 필요없습니다

두통을 안심시키기 위해 지령을 발포한다
머리숱이 풍성한 당신, 이제 그 무성한 가발을 벗어보시죠
사랑하는 당신 그리고 가발가발제발

이제, 우리, 그만,
껍질을 까발려요

4부

당신의 반쪽

나는 반 지하에 살아요

아무리 발돋움해도 해를 볼 수 없다는 건
내 위의 그늘이 짙기 때문이다

그늘을 견딘다는 건
눅눅함을 참아내는 일이야
그늘 속에는 햇빛이 벗어던진
한 꺼풀의 옷자락이 있지
그 옷을 보며
보디발의 아내에게서 달아나던
요셉의 투명한 얼굴을 떠올려요

분홍빛 얼굴은 매일 물결치고 있어서
언제 울음이 터질지 몰라
넌 늘 둥근 손수건을 준비하지
해금처럼 슬픈 목소리를 품고 있다는 건
너의 뿌리가 단단하게 얽혀 있는 까닭이야

오래 견딘 눈물은 약이 될 수 있겠지

먼 곳을 바라보는 동안
가슴이 시큰거리는 사람들은
목숨 같은 뿌리를 찾아
긴 겨울의 멍든 통로를 빠져 나가지

깽깽이 같은 울음소리
깽깽이 같은 발자국
햇살마저 비껴가는 그늘 속으로

가난한 빨랫줄

빨랫줄 위에 밤이 내린다
눅눅한 습도도 함께 얹히고 있다

해질 무렵 온 힘을 다해 빨랫줄을 움켜쥐던
잠자리의 구부러진 발가락
한낮의 흔들림이 끈끈하게 달라붙은
빨랫줄이 팽팽하게 당겨지고 있다

빳빳한 팽창
그것을 밤새 지켜 볼
날카로운 침묵의 눈초리
활시위처럼 탄탄히 당겨진
손과 손을 오가던 부산한 떨림들

줄이 당겨질수록
서로가 대치하던 거리는 점점 가까워지고
어두워지는 밤의 호흡처럼
우리의 간격은 이쯤에서 느슨해져도 괜찮다는 변명이
허공에 걸쳐진 직선으로 들린다

>

숙취의 자정이 지나고
축축이 젖은 세탁실을 벗어나
접힌 광기를 드러내고 웃어대는
흔들거리는 줄 하나

습기에 취약한 나는
인색한 빨랫줄에 널어 말릴
그 흔한 시스루 한 벌이 없다

자정이 굴러간다

창문은 스스로 빗장을 잠그고 차가운 달빛이 스며드는 것을 차단한다
차단된 빛은 집 안으로 들어오지 못하고 길 밖 어둠속을 배회한다
전봇대에 붙은 전단지가 잃어버린 별처럼 빛난다

밖에서는 귀가를 서두르는 술 취한 사람들의 목소리가 바람을 타고 바삐 달려간다
카카오 택시와 모범택시와 콜택시와 대리운전 기사들의 달뜬 목소리가 스마트폰 속에서 바쁘게 뒤섞인다
금강엑슬루 콜~*

의지할 곳 없는 외로운 강아지는 아직 식지 않은 본넷트 밑으로 파고 든다
의심 많은 늙은 고양이도 추위를 피해 적과의 동침을 선택한다
61우 0498

여기 저기 웃음을 팔고 다니던 가난한 여자가 우울한 샹송을 부르며 운다
아니 그 울음은 어쩌면 깐소네처럼 재즈처럼 들려온다

미안해 미안해 하지마 내가 초라해 지잖아**

자갈밭 위로 또르륵 또르륵 자전거가 지나간다

체인 감기는 소리가 꼭 귀뚜라미 소리처럼 들린다

귀뚜라미의 소리 사이사이에 그 여자의 눈물이 또르륵 또르륵 떨어지는 소리가 들린다

석봉동 밤 열두시

자전거 바퀴 살 사이로 또르륵하고 자정이 굴러간다

* 충북 현도에서 대전으로 넘어 가는 신탄진 금강 가에 세워진, 아름다운 그녀가 사는 라푼젤의 집.

** 빅뱅 태양의 눈, 코, 입 도입부.

미러

샤워 가운을 두르고 거울 앞에 선다
잘 감아 두른 수건을 뚫고 말랑말랑한 김이 천정으로 올라간다
김은 내 앞 거울에도 서려 있다
나는 촉촉이 젖은 내 모습을 보기 위해 손바닥으로 거울을 문지른다
민낯의 얼굴 화장기 없는 얼굴
오른쪽 눈 밑에 팥알만 한 점 하나가 묻어 있다
아마 여름동안 거울을 닦지 않은 탓이리라
나는 방안을 두리번거리다가 거실로 뛰어나가 1kg 짜리 아령을 들고 와 거울속의
내 얼굴 점을 향해 던진다 와장창
깨진 거울의 파편들이 우수수 수직으로 떨어진다
가벼운 것들은 간혹 내 발등에도 뾰족하게 떨어진다
X선처럼 내장을 잃고 뼈대만 남은 유리조각이 몇 개 앙상하게 걸려 있다
왼쪽 사각의 모서리에 아무렇게나 찢어진 A4용지 1/4 크기의 유리조각 거울에
내 얼굴을 비추어 본다 여전히 붙어있는 팥알 크기의 검은 점은 오히려 조금 더 피부 바깥으로 돌출해 보인다
1kg의 쇳덩이로도 깰 수 없는 오래 익숙해진 팥알 한 톨의 무

게가 깨진 얼굴 속에 붙어 있다

나는 검은색 아이브로우를 들어 거울 속 여자의 눈 밑에 호수 같이 깊은 동그라미를 그려 반세기를 함께 한 팥알 만 한 점을 지운다

점 점 점

●

●

●

●

●

•

.... 지워

.... 진다

흑黑

세상이 너무 어두워 눈을 감습니다
눈을 감으면 또 다른 어둠이 시작됩니다
어둠을 지우려 더 진한 어둠을 펼쳐 놓습니다

어둠을 지우면
이제까지의 어둠은 어둠 저쪽으로 사라지고 말아
그 희미한 기억마저도 그림자에 가려 보이지 않습니다

어둠을 지우려 지우개를 찾습니다
그러면 어둠을 지우려던 지우개는 어둠에 물들고 말아 내가 지우려던 것이 어둠인지, 어둠에 물든 지우개인지 분간이 되지 않습니다
어둠 속에서 어둠에 물든 검은 손가락이 바르르 떨고 있습니다

눈을 감으면 어둠 속으로 숨어든 어둠의 발이 덫처럼 놓여 있습니다
덫은 어둠의 뿌리를 끌어당겨 빠져 나가지 못하게 하는 힘이 있습니다
어둠의 표면 장력으로 인해 어둠은 더 커다란 어둠의 동굴 안에 갇히고 맙니다

어둠 속에 가두려는 어둠과 어둠 속을 빠져 나가려는 어둠의 치열한 난투극은

가장 깊은 어둠의 절정에 이르러서야 끝이 납니다

어둠을 이긴 어둠은 이제 더 이상 어둠이 아닙니다

가장 깊은 어둠 속에 있을 때에야 비로소 어둠은 어둠의 가치를 인정받을 수 있습니다

사랑 안에 갇힌 사랑만이 사랑이듯이 어둠을 향하여 두 눈을 감은 어둠만이 진정한 어둠일 수 있습니다

세상이 너무 어두워 눈을 감습니다

눈을 감으면 아주 말랑말랑한 또 다른 어둠이 시작됩니다

새발의 피

고영민은 하루 이만 개의 달걀을 주웠다

양계장 집 아들이어서

김종삼은 하루 두어 삼태미의 소똥을 치웠을테지

할머니가 늙은 소까지 사랑했으므로

장석남은 찌르레기가 몰고 온 봄 하늘 속으로 망명했다

쌀 씻어 안치는 검은 울음 때문에

김수영은 자꾸만 눕는 풀들 때문에

바람보다 먼저 일어나 폭포처럼 절규했다

오규원은 하필이면 물푸레 한 잎 같은 쬐그만 여자에게 눈이 멀어

아무것도 아닌 남자가 되어 버렸다

>

김소월은 진달래꽃을 따다가 디스크가 생겼을까

변절한 애인이 떠나 갈 7번 국도가 막힐 만큼 뿌리기 위해

박재삼은 울음이 타는 강물이 뜨거워
발도 못 담그고

김영랑은 천지에 물든 단풍 때문에

환장할 뻔 했는데

이 정도면 약간과하지 약과약과약과약과약과

암 이 정도면 새 발의 피지 밟히고말지 그냥

삼십년 독수공방 밟히고말지

깡통

발길에 채여
이 골목 저 골목 굴러다니던
깡통이 구르기를 멈췄다

상당히 억울한 표정이다

단단한 원통의 기밀을 간직하리라 다짐하던 추억
심장이 녹아들 듯 쇠를 녹여내고
풀무질을 견뎌내던 순간
섭씨 천오백도의 고열을 감내하며
알루미늄처럼 순식간에 녹아들던 순간의 기억
섬광같은 열꽃의 기억을 되살린다

어스름한 공원 한쪽,
납작하게 찌그러지고 나서야
비로소 한가로움을 소유한 지금
내면 깊이 파고드는 저온의 습기를
방관하기로 한다

검은 안대를 두른 남자가 분주하다

서랍을 열고 깡통따개를 찾는다
둥근 원통의 모서리에 각을 맞추고
꼭짓점을 잘 맞춘 근육질 팔에 힘을 가한다
요즘 깡통은 요리 미끌 저리 미끌
겉 표면이 매끄러워 잘 따지지 않는다

그녀의 엉덩이 아래 불 탄 상흔처럼 라벨이 매달려있다
나는 찌그러지기 위해서 태어 났습니다
나를 찌그러뜨리기 위해선 먼저 24시 편의점을 이용하세요
적당한 값을 치르고 바구니에 담으세요

당신의 도벽에 관해 경고합니다

씨씨티비가 당신을 감시중입니다
빵빵 돌리며 깡통을 따던 고루한 방식을 버리세요
원터치로 살짝 들어 올리면 가볍게 따지는 손쉬운 방식
완력을 사용하던 시대는 지났습니다

청담동 고급백화점에는 아름다운 깡통들이 진열되어 있습니다
손쉬운 영어나 아랍어, 심지어 따갈로그어 표기도 있습니다

주머니가 두꺼운 사모님은 해독이 어려운 라벨을 고릅니다

지혜로운 주인을 만나 뚜껑이 열린 깡통은 차라리 행복합니다

설명서를 해독하지 못해 몇 년째 냉장고에 갇힌 냉담한 깡통도 부지기수입니다

라면

직선이 구부러지는 시간은 0.5초
곡선이 펴지는 시간은 4분 30초

채 오 분이 안 되는 시간동안
낡은 가스레인지 최강의 버튼을 움켜쥐고 놓지 않는다
노랗게 질린 너의 이름은 라면 냄비
불 위에서 얇은 가죽이 데워지고 있다
뜨거워지는 물방울을 온몸으로 껴안고
으스러져라 불길의 멱살을 놓지 않는다
펄펄 끓어올라 터진 웃음 같은 기포들이
건조하게 압축된 살 속으로 파고든다
뜨거운 물을 만나야만
비로소 유들유들 부드러워지는 면발
온갖 주먹질에도 바스라지지 않은
그녀의 반세기가 꼬들꼬들 삶아지고 있다

빈대 래퍼

초가집 흑바람 벽 사이
쿰쿰히 썩어가는 볏짚 사이에 숨어 자랐지
좀비처럼 어둠을 좋아하는 나는
모두가 잠들기를 기다려
움츠렸던 어깨를 펴고 슬글슬금 기어 나오지
흐흐흠
너는 씻지 않았고
시금털털한 체취를 따라 나는 어둠속을 기어가지
종일 굶은 배를 채우기 위해
네 겨드랑이 가장 연한 부분에 빨대를 꽂지
꿀꺽꿀꺽 꿀꺽
피는 달콤해
밤에 먹는 너의 피
육식을 즐기는 끈적거리는 피
위장을 가득 채우고
나는 만면에 웃음을 짓지
땀범벅인 너의 팔뚝 위에서 그네를 뛰지
네 몸에 구멍이 뚫린 지도 모르고 넌 잠꼬대를 하고 있지
눈을 뜨고 있을 땐 절대로 물지 않는 빈대의 철칙
감각이 살아나

긁적거릴 때까지 피부 위에 머물지 않는 민첩성
네가 깨기 전
유유히 바람벽* 속으로 숨어 들어가
마치 처음부터 혼자인 것처럼 버려두는 것
빈대에게 함락당한 네 자존심 지켜 주는 것
빈대에게도 빈대의 자존심은 있다는 거지

* 바람벽 : 방이나 칸살의 옆을 둘러막은 둘레의 벽.

맷돌, 체위를 바꾸다

당신의 그 우월감이 날 지치게 했지
우리의 공식은
고조선부터 유지해 온
맷돌의 명맥
상세 설명서엔
맷돌의 윗부분과 조금 야윈 아래 부분

사과는 둥글어야 깎기 편하고
책받침은 검정교과서 승인을 통과한 거친 사각지대
원둘레 주변에서는 언제나
반지름 곱하기 3.14
나머지 1592는 영락없이 코싸인에 싸인 사인

커피는 곧 죽어도 얼죽아*
130원짜리 맥심을 마시는 나는 가난한 여자

천이백오십원짜리 시내버스엔
쇄골이 넘쳐나는 오오 아리따운 미인들
하지만 나는 영혼이 아름다운 99 사이즈

>

그 남자의 맷돌에는 어처구니가 없어
실종된 사상을 찾기 위해
이따금 맷돌의 체위를 바꾸어 본다

울퉁불퉁 속살이 패인 내면을
돋보기로 들여다 본다
어처구니 없이 맨 몸으로 갈아낸 세월이
움푹움푹 둥글게 잘도 굴러가고 있다

* 신조어 : '얼어 죽어도 아이스 아메리카노'의 준말.

사과

슬픔의 가지 끝에는 둥근 얼굴이 매달려 있다
그 얼굴에는 오촉 전구 같은 꽃향기 속에서 마구마구 떠들던
어린 꿀벌들의 붕붕거리는 소음이 담겨 있다

가시가 하나 덧대어 질 때마다
아마도 나무는 입덧을 했으리라
시큼한 위액을 목젖으로 밀어 올리며
힘차게 팔다리를 버둥거렸으리라

가지 끝 초록 이파리엔
그의 얼굴이 일평생 걸어가야 할 세심한 운명이
빗금처럼 단단히 매달려 있을거야
빗방울은 요란스레 투둑거리며 그 길을 지우고
이를 악문 잎들은 밤새 떨면서 그 길을 지켰을거야

길이 끝난 허공에서
몸 안 가득 열기를 받아들이며
홀로 뜨거움을 삼켰으리라 달구어 졌으리라

뜨겁다는 건

이미 오래전 바닥부터 끓기 시작했다는 것
자꾸만 벗겨내도
벗어낼 또 한 꺼풀의 속이 있다는 것

벗기고 조각낼수록 단단한 그녀가
아삭아삭 올 누드로 웃고 있는 아침

꼬랑지

꼬랑지 하나가 실룩이는 엉덩이를 두 손으로 밀고 간다
엉덩이 뒤로 쏟아지는 구린내를 밀치며
와이퍼처럼 움직이는 꼬랑지
엉덩이를 가리기엔 꼬랑지가 제격이지
엉덩이 위로 누더기처럼 파리 떼가 날아 든다
파리 떼를 향하여 내려치는 날카로운 굉음
꼬리는 순식간에 채찍이 되어
제 살 위에 시퍼런 멍 하나를 남긴다
멍을 두려워해서야 파리 떼를 떼어 낼 수 없지
내버려 두면 몸속을 파고 들어
구더기를 슬고 마는 파리 떼
온몸에 멍을 남기며 파리 떼를 낸
자랑스런 엉덩이
속을 다 비워낸 엉덩이가
꼬랑지를 매달고 갈기를 흔들며
광화문 광장을 춤추듯 걸어간다

5부

닭장

곡소리가울려난다해

그집에선

꼭두새벽부터

꼭꼬댁꼭꼭

암탉이울지

꼭꼬댁꼭꼭꼭

울어대는암닭의울음소릴비집고

꼭끼오~~ 홰를 뜨고

회

를

치

는

>

수

탉

의

고

함

소

리

가

지금, 날마다

당신은 빛의 속도로 나를 스캔한다
나는 빛의 속도보다 빠르게 숨는다
당신은 속눈썹 사이에 매달린 나를 발견하지 못하고
가속페달을 밟아 광속의 제곱으로 질주한다
대기권에서 밀어질수록 속눈썹 사이에 매달린 나의 비명도 가청권 밖으로 밀려난다
빛의 속도로 함께 달리는 제로의 시간
빛보다 느린 나의 비명은 무저갱 속으로 빨려 들어간다
무저갱 속엔 무의 시간으로부터 감금된 무수한 영혼들
무리를 지어 떠돌며 먹이가 투입되기를 기다린다
공중에서 우주선 밖으로 던져진 분뇨처럼
영혼을 이탈한 영혼이 고밀도로 압축되어 무저갱의 무뢰배에게로 분사된다
수천 년을 먹이를 기다리며 유영하던 검은 영혼들의 송곳니가 부딪치는 소리
소리의 압축을 견디지 못한 검은 파일들이
마녀의 눈물처럼 무저갱 밖으로 꾸역꾸역 스며나온다
빛의 속도에 타버린 악마의 눈물이
하얗게 늙은 잿빛으로 한반도를 덮는다

문신

오래된 우물의 뚜껑을 열자
잘 자란 혀 하나가
동글동글 헤엄을 치며 분홍빛으로 솟아오른다
하나를 잡아당기니
새끼줄에 꿰인 연초잎처럼 줄줄이 혀가 딸려나온다
술 취한 자정이면 폭우가 쏟아지는 아버지의 몸을 뚫고 나와
집안을 물고기처럼 헤엄쳐 다니던 혀
이 흉측한 물건들이 식탁 위에 떨어질 때마다
어머니는 온몸으로 혀를 주워 담았다
누가 볼 새라 뒷마당 우물 속에 가만히 던져 넣은 아버지의 혀
입질이 시작됐군
낚싯줄을 끌어올리자
혀가 딸려 나온다
알알이 매달린 투견의 질긴 혀
철벅철벅 벽을 기어오르는 갈라진 혓바닥
끈끈한 혀들
혀 속에 숨겨진 채찍이 보인다
그녀의 등
문신처럼 혀가 훑고 지나간 자리
혀와의 전쟁이다
오래 묵어 통통히 살 오른 잘 자란 혀 하나를 도마 위에 올린다

또 하나의 월드컵

2004817
한국과 말리 축구 예선전
식탁 위엔 과자 몇 봉지와 잘 익은 포도 두어 송이
플라스틱 컵 다섯 개와 포크가 쟁반 위에 가지런히 놓여있고
코카콜라와 양념치킨 한 마리를 배달시킬
배춧잎처럼 푸른 만원짜리 지폐 한 장과 살구색
천원짜리 지폐 두 장이
파들파들 떨며 경기 시간을 기다리고 있다
띵똥
찰카닥 문이 열리고
와하는 군중들의 술 취한 함성이 남자와 함께 집안으로 밀려들어온다
아직 경기 시작은 한 시간이나 남았는데
커다란 축구공 같은 발 하나가
슉슉 회오리바람을 일으키며
하우스키퍼의 늑골 아래로 날아든다
잠시 얼음 같은 정적이 일고
골키퍼는 늑골을 아니 축구공을 움켜쥐고 선 채로 움직이지않는다
순간

흑빛 목구멍 속에서 소리의 출구를 찾는다

뱉아야해 뱉 아 야 해　 살　　아　　야　　해

우 군중들의 숨죽인 야유가

관중이 아닌 골키퍼의 입에서 하얀 뻥튀기처럼 터져 나오고

발끝에서 머리끝까지 가득 찼던

검은 폭풍이 사산된 아이처럼 튀어 나온다

그 놈의 자책골 때문에 간신히

삼대 삼으로 비겼다는 소식은

그 다음날 저녁 조간신문을 보고 알았다

덩쿨*

움켜잡은 목에서 덩쿨이 자란다
엄지손가락 힘주던
절명의 순간에
목 줄기를 파고 들던 빛 줄 기

목구멍 속으로 멍 뿌리가 뻗고
뻗어가는 뿌리만큼
슬픔의 가지도 솟구쳐 올랐다

우걱우걱
토사물 같은 말들을 삼킨다
쓴 물이 내장을 훑는다
송곳니 사이에서 칼날이 운다
칼날도 함께 삼킨다

보이지 않는 선 하나로
너와 내가 맞닿았던 수평선
투명하게 부서지는 살
비릿한 것들이 자라난다
햇살이 눈부신 듯 오른쪽으로 감긴다

* 충북 괴산 연풍에서 쓰던 넝쿨, 덩굴의 방언.

어둠이 콜라가 되기까지

모가지를 비틀어 뚜껑을 연다
그것은 칙하고 비웃으며 바닥으로 내려온다
어둠속에 숨어있던 기포들이 뽀글거리며 위로 솟아오른다
어둠의 몸통을 잡고 유리컵 속에 가둔다
컵은 순식간에 어둠으로 가득 찬다
나는 심호흡을 하고 어둠을 들이마신다
입술을 오므리면 어둠은 혀와 입천정과 잇몸을 톡 쏘고 말랑말랑한 목젖을 더듬다 몸속으로 무너지듯 미끄러진다
어둠은 내가 소화하지 못한 단단한 기억들과 버무려진다
쓴 민들레 뿌리와 맵디 매운 청양고추 아버지 속살과
질기고 팽팽한 폐타이어 스테이크와 함께 잘게 뒤섞인다
어둠이 내리치는 채찍에 곤죽이 될 때까지 어둠은 나를 볼모로 잡고 거세게 흔든다
어둠속에서 뒤섞이는 혹독한 훈련은 거대한 빛 앞에서도 무릎을 꿇지 않는
태화강의 대쪽 같은 마디를 탄생시킨다
어둠을 이겨낸 자는 속살 어딘가에 몇 개쯤의 마디를 가지고 있다

나는 온 밤을 뒤져 그 단단한 마디 하나를 찾으러 떠나고

아침

그녀가 바다를 삼키고 있었다
그녀의 입 속으로
파도가 빨려 들어가고
불가사리 몇 마리
미역 몇 줄기
옆으로만 걷는 입에 거품을 문 게들도
빨려 들어갔다
틈틈이 등이 굽은 새우 몇 마리의 요통도 함께 삼켜졌다
투명한 눈빛의 해파리가 내뱉는 연한 독들도
빨려 들어가고
물컹거리는 여덟 개의 문어다리도
머리와 함께 통째로 삼켜졌다
간밤에
기울어지는 팽목항의 물살에 맞춰
힙합을 부르던 아이들의 높은 꿈자리표도 삼켜지고
새벽을 깨문 그녀가
계단을 밟고 올라가
주인집 여자보다 먼저 널어놓은 흰 빨래들의
펄럭거리는 소리도 삼켜졌다
목련 나무에 하얀 신호등이 켜졌다

이제부터 건너가는 모든 길은 자유야
그녀가 입술을 오므리자
더 이상 성난 파도가 내려치는
채찍 소리는 들리지 않았다

층간소음

바위처럼 납작해 지려면 얼마를 더 견뎌야 할까요
((((((((시끄러워))))))))
파도가 밀려오려나 봐요
((((걱정은 개에게나 줘 버려))))
오랫동안 기었더니 무릎이 동그랗게 되었어요
((바닥이 당신에겐 딱 어울려))
그런데 가끔씩은 모래 부스러기 땜에 목이 막혀요
(재채기를 하지 마 불가사리가 놀랄 수 있어)

마스크를 하면 괜찮을까요
비말을 거르듯 기침소리를 가려줄 지도 몰라요

초인종 소리에 대답 하지 마 💣
옆집 여자의 뒤꿈치를 쳐다보니까 당신 눈이 점점 돌아가고 있어 💣💣

윗집 여자도 가자미가 되었나 봐요
어제부터 바닥을 긁는 소리가 나요

이제부턴 기지개를 켜는 대신 물구나무를 서 💣💣💣
아파트에선 층간소음이 골칫거리야 💣💣💣💣

당신 정말 몰라요?
우리 집엔 아이들이 살고 있지 않아요
벌써 오래전에 광어가 되었는걸요

날개

날개를 떼어냈다
비행이 멈췄고 우린 곤두박질했다

하늘이 사라진 것처럼 그 자리에 주저앉아
허공 끝에 걸린 얼굴을 바라본다
멍한 낮달이 솜사탕처럼 녹아내리고
사라진 날개가 세상을 뒤뚱거리게 한다

내가 입덧을 하는 동안
당신은 재빨리 물속으로 들어가 먹이를 물어온다
커다란 부리 날카로운 갈고리는 매력적이다
다리가 여럿인 문어를 낚기 위해
당신은 날개를 버렸는지도 모른다

멀리 에콰도르가 보이는 검은 갈라파고스
둥근 자갈들을 보석처럼 펼쳐놓고
눈부신 아침 이마를 맞댄 적 있었지

한쪽 가슴을 잃어버린 당신,
뜬 구름에 목숨 따위 걸지 말아요

날아갈 곳이 어디 하늘뿐인가요
한쪽 날개가 타버린 당신, 다시는 어지럽게 허공을 바라보지 말아요

눈을 감고 누우면 바다를 날 수 있어요
정오의 비행이 멈추었고
케이프다라* 천정에서
솜사탕을 닮은 우리의 날개가 녹아내립니다.

* 2016년 가족여행 중 묵었던 파타야의 호텔이름.

우리들의 우기

수평선이 기울어지기 시작했다 바다가 쏟아졌다
발밑이 눅눅해 지는 동안 눈금의 경계가 희미
해지고 있었다 길이 있던 곳으로 나가보기로
했다 호우주의보가 발령되기도 전에 이미
범람은 시작되고 있있다 수문을 열었는지
수위가 높아졌다 키 큰 짐승들은 그들의
지붕을 믿지 못해 언제 잠길지 모르는
도로로 뛰쳐나갔다 그들이 지나간 발뒤
꿈치를 따라 유실된 산의 일부가 흙탕
물처럼 따라왔다 풀 몇 포기쯤 아담하
게 자라는 수초섬*을 지켜야 한다고
주섬주섬 목숨을 챙겨 나간 이들은
돌아올 수
없다고
했다

용담댐**에 이어 대청댐*** 방류가 시작되었다 초당 유입되는 3,400톤의 양에 비해 1,800톤의 방류량은 댐의 골반을 위태롭게 했다 밤 11시 늘어나는 유입량을 견디지 못해 대청댐 상도로가 잠기기 시작했다 심야의 어둠 속에서 유속은 점점 빨라졌다 수장된 길들로 인해 막힌 통제선 앞에서 네비게이션에서 뿜어 나오는 여자의 목소리가 허둥거리고 어지러웠던 우리의 발자국도 함께 지워지기 시작했다 오랫동안 방치한 여자의 벽에서 줄줄 물 흐르는 소리가 새어나왔다 우리들의 우기가 길어지고 있었다 안전지대가 사라졌다 더 이상 발목까지 잠긴 기상특보를 듣지 않기로 했다

* 춘천 의암호 인공 수초섬 유실을 막으려다 경찰정등 3척이 전복되어 1명이 숨지고 5명이 실종됐다
** 전북 진안군 용담면 월계리, 금강 상류에 있는 다목적댐, 1990년에 착공하여 2001년 10월 13일 준공
*** 대전광역시 대덕구 신탄진과 충북 상당구 문의면 사이 금강 본류를 가로지르는 다목적 댐으로 1975년 3월 착공하여 1981년 6월 완공됨. 2014년부터 홍명희는 금강변에 살고 있다.

장마 알레르기

그 방에선 선풍기 두 대가 왕왕거리며 돌아가고 있다
좌측 날개와 우측 날개의 바람소리가 뒤섞인 지 오래되었는지
3단 고음으로 내뱉는 두 강풍의 세기는 출처가 모호하다
여전히 팽팽 돌아가는 날개의 회전력에 의해 모터는 이미 과열상태다
습기와 열기가 적당하게 밀당 중인 저 밀실은 오늘도 고온다습이다
적정수치를 이탈한 습도계의 눈금에 집 먼지 진드기와 곰팡이가 사춘기처럼 달라붙는다

심해지는 기침소리와, 충혈된 눈동자, 하염없이 흐르는 눈물과 콧물,
심해지는기침소리와 충혈된눈동자, 하염없이흐르는 눈물과 콧물,
심해지는기침소리와충혈된눈동자하염없이흐르는눈물과콧물이
천식과 알레르기 비염이 재발했음을 증명한다

Q; 고칠 수 없는 질병을 고질병이라고 불러야 하나

A; 한겨울에도 핫팬츠를 선호하는 당신과

한여름에도 수면양말을 신어야 잠이 드는 나의 체온은 군사분계선처럼 냉랭하다

한겨울 남하했던 해양성 고기압이 고개를 쳐들고 북상한 당신의 세력은 옹골차다

온도의 격차를 이기지 못해 꿉꿉함을 불러들인 순간을 되짚어 본다

참을 수 없는 퀴퀴함과 눅눅함을 피해 구석으로 달아나지만

아뿔싸 저 곳도 이미 습습함으로 포화상태다

거센 폭우로 창문을 열 수 없는 지금,

햇살을 쬐거나 환기를 한다는 건 무지몽매하다

구석구석 점령한 저 아플라톡신*을 퇴치하기 위해

하마의 입을 틀어막고 곰팡이 제거제를 살포한다

유기농 채소를 애호하는 스마트한 당신, 어서 달아나세요

KF94 방역마스크**와 비닐장갑을 두른 아내가 꿉꿉함을 참지 못해 방역을 시작했습니다

* 곡류등을 고온다습한 환경에 보관, 저장하는 과정에서 일부 곰팡이들이 생산하는 자연독소로서 아플라톡신, 오크라톡신A, 포모나신, 파튤린 등이 있음.

** KF는 Korea Filter, 뒤의 숫자는 입자차단 성능을 의미함. KF94는 평균 0.4μm크기의 입자를 94%이상 차단할 수 있다는 뜻. 코로나 19의 감염으로부터 자신을 지킬수 있는 대한민국의 자랑스런 마스크.

무풍지대

날개를 단 검은 승용차가 아파트 출입문을 들어선다.

시동이 꺼지고 차의 왼쪽 앞문이 열리고 그림자가 내린다.

리모컨을 눌러 자동차를 잠근 그림자가 지하 주차장 출입문의 버튼을 조작하고 안으로 들어가자 뒤에서 출입문이 닫힌다.

화살표를 매단 엘리베이터가 빠른 속도로 내려와 멈춘다.

문이 열리고 그림자가 열림 속으로 사라진다.

꼭대기와 맞닿은 하늘 층에서 그림자의 꼬리가 빠져 나온다.

왼쪽으로 방향을 틀어 다섯 걸음을 가고 다시 왼쪽으로 다섯 걸음을 걷고 멈춘다.

그림자가 여섯 개의 버튼과 #을 누르자 현관문이 열리고 그림자를 삼킨다.

센서가 켜지고 그림자가 벗어놓은 신발이 넥타이를 푼다.

소파에 얹힌 그림자와 흘깃 눈이 마주친다.

농문을 열고 허물을 걸쳐 놓는 사이 무심한 그림자가 식탁위에 푸념을 차린다.

거울처럼 마주 앉은 두 개의 그림자가 각자의 머릿속에서 두부와 함께 푸념을 쪼갠다.

잘게 부서진 푸념이 수증기처럼 날라 간다.

배를 불린 그림자가 방문을 잠그고 하루 종일 고독한 베개 위로 스며든다.

남겨진 그림자가 소파위에 널브러진 리모컨을 일으켜 세운다.

6부

순위의 재구성

말할 것도 없이
당신이 1순위입니다
아니, 당신은 0순위입니다

태초이었거나 신세계의 시작점이었을 당신의 가치
눈앞의 허들을 모조리 뛰어넘는 챔피언
어디서나 프리한 당신의 세계
당신은 그 모든 것을 거머쥔
절 대 적 존재

0의 숫자 안에

　　당신은 모든 것을 가둘 수 있습니다
　　당신의 넘버에는 출구가 없습니다

당신이 애호하는 0의 숫자 안에

　　당신이 옥죄인 초록빛 하늘
　　통째로 잘려나간 푸른 숲의 발목
　　아이들의 향기로운 웃음소리가

이름을 상실한 채 오늘도 갇혀있습니다

무한대로 깊어진 0의 감옥은 종일토록 나른합니다
숨쉬기를 포기한 포로들의 습성은 포화
이미 당신은 영원한 영순위입니다, 하지만

레드 썬
자, 이제 눈을 뜨세요

B♭ 음계

일기장을 펼쳤다
푸드득 새털구름이 날아간다

뭉쳐있던 날개들이
일기장 밖으로 떼를 지어 날아간다
어린 참새들의 조잘거림
삐뚤삐뚤 그려놓은 새 소리가
일기장 속에 가득하다

밋밋한 옹알이는
수백 번을 곱씹은 덕에 노래가 되었지만
슬픔을 변주할
구름의 악보는 오늘도 행방불명이다

깃털처럼 가볍게
비상하려던 발소리
조곤조곤 주고받던 웃음소리

노래가 멈추고
귀를 찢는 하울링과 함께

악보는 음표와 음정을 잃어버렸다

날마다 부풀어 오르던
B♭의 멜로디를 다 소진한 듯
가볍게 털고 일어서는 구름의 생

구름은 새털 같은 날들에 기대어 엮은
따분한 오후의 변주곡을 물고 달아난다

카푸치노

검은 비가 내린다

낮은음자리처럼

어린 고양이의 흔들리는 눈빛으로 내린다

축축한 몸을 발목에 기대던

아슬아슬한 체온이 떨어뜨린

떨림의 음표가 베란다를 적신다

뜨거움을 제어할

유실된 점프의 기록

어린 고양이 울음처럼

야옹야옹 담겨지던 익숙한 발소리

차가워진 커피의 온도를 타고

씁씁한 커피 향이 찻잔의 무늬 속으로 숨는다

고양이 울음 속에

커피콩 볶는 소리를

살그머니 던져 놓는다

>

뜨거운 담장을 오르기 위해
수천 번 추락하고 나동그라지며 익혔을
저 말랑거리는 표정과 잦아드는 숨소리

낡은 베란다의 커피 잔에 담기는
오후 여섯시의 우울한 콘서트
허름한 그녀의 숨소리는 오늘도 안단테

요요 탈출기

요요와 단짝인 그녀는 말끝마다 물음표를 던진다
달아나려는 그녀에게 착 달라붙어
체중계의 바늘이 바삐 움직인다

숨소리는 가파른 오르막길
늦은 밤 앞집의 초인종 소리가 허기에 불을 붙이고

치맥 앞에서 당신의 혀는 매끄럽다
앞접시에 쌓이는 뼈, 수치를 잃어버린 허리둘레
손가락 양념을 핥는 광고 속 여배우가 얄밉다

아령을 들었다 놨다 하며 남편이 한마디 한다
영국은 비만유발식품에 세금을 부과한다고 하네
미국은 7개 도시에 설탕 세를 도입한대

흥 치킨업체와 피자업체는 세금폭탄을 맞겠네
담배처럼 야식을 끊을 수 있을까
마음의 공허함은 폭식을 부르는 불닭소스다

냉수로 속을 달래고

자존감을 챙기기 위해 페달을 돌린다
나는 너무 무거워 런닝머신이 머릿속을 달린다

체중계 눈금이 헐떡거리며 지느러미를 펼친다
극심한 다이어트는 골다공과 노안의 앞잡이
굶지 말고 빼세요~ 요요현상 없어요 온갖 유혹

일단 기름기가 많은 땅콩을 던진다 땅콩을 던질 때는 공중인지 지상인지 잘 분별해야 하지 지방을 제거하기 위해 지나온 길을 불사른다 불태우지 않고 냉각시킨 감정의 칼로리가 당신의 둘레를 두껍고 튼튼한 튜브로 만들고 있다

베타카로틴

비탈의 무는 언제쯤 붉어질까
저무는 노을의 막판까지 그 얼굴을 흙속에 파묻고
그 옆집 홍당무와 무언가를 주고받고 있다
무엇이 오고 갔는지 궁금하지만 거래의 내역은 당사자만 아는 비밀이다

흙에서 뽑아 올린 그의 얼굴이 검붉다
지면에 드러난 부끄러움을 감추기 위해 깃털 같은 초록 이파리에 얼굴을 묻는다
홍조를 없애기 위해서 심호흡, 심호흡만이 살 길이다

흙 속에서도 쭉 뻗은 미쓰홍의 두 다리가 매력적이다
울퉁불퉁 빗나간 다리들이 침을 흘리며 부러워한다
곧게 쭉 뻗은 그녀의 다리는 지상과 공중을 버텨내기 위한 안간힘
공중을 차지하기 위해 지하에서 영역을 넓히는 일에 최선을 다해 뿌리를 뻗는다

겉은 빨갛고 속이 흰 당신
겉과 속이 모두 주황인 나

우리의 염색체는 어디가 다른걸까

빨강에겐 빨강의 푸념이 있고 주황에겐 주황의 아쉬움이 남아 있지
빨강과 주황의 채도를 극복하지 못한 우리 부부
오늘도 홍당무처럼 열을 올리고 있다

올 가을엔 꼭 당근을 수확할 수 있으리라 희망
풀을 뽑으며 붉디붉은 당근으로 자라길 소망한다
당근이 피처럼 붉어지지 못한 것은 농부의 책임일까 종묘상의 실수일까
불투명한 당신에게 물음표를 던지며 비뚤어지지 말라고 당부하는 것은 미련한 걸까

당근이란 말 속엔 베타카로틴과 항 스트레스 비타민이 들어 있다
그것은 항산화 작용을 하고 위를 튼튼하게 하고 핏. 줄. 에 고인 노폐물을 배출시킨다
당신과 나의 피로회복을 위해 삐뚤어진 넥타이를 고쳐주며 당근을 건넨다

여보당신일찍올거지당근이지당.근.이.지.담금질이지
!!!!!!!!!!뱉아!!!!!!!!!!!!!!!!!!칼!!!로!!!!틴!!!!!

이차선으로 간다

규정 속도로 달릴 것이므로
나는 이차선으로 간다

말발 센 너는
*클랙슨*을 울리지 말고 *추월선*으로 가라

어차피 네가 갈 곳은
만원짜리 먹자계이거나
아메리카노 한 잔에
너댓 시간씩 머물러 수다를 떨 수 있는
스타들의 수다박스

휴게소 오백 원짜리 *자판기* 커피 값이 아까운
나는 이차선으로 간다

코가 높은 너는
일차선으로
클랙슨을 *울리지 말고*

내가 바로 홍당무다

홍당무가 홍당무임을 부정한다
색채가 홍당무를 거부할 때 그 빛깔은 피처럼 붉다
홍당무란 이름에는 색을 가두려는 의지가 있다

색채기 불투명한 노을처럼 면을 덮는다
색채를 부정당한 홍당무가
달아오른 얼굴을 씻어내기 위해 샤워실로 달려간다
쭉 뻗은 선을 흠모하고 바깥으로 굽은 X 다리를 멸시한다

서로의 다리를 엿보는 사이
각선미가 지나가는 보도블록 위에 훈남들의 시선이 붉게 흔들린다
뾰족한 하이힐의 옆을 지날 때 무뚝뚝한 내 남자의 심장도 뛴다
도마 위에서 나박나박 썰어지는 홍당무처럼
그의 얼굴 한쪽이 얇게 썰어지고 있다

붉은 것들은 내부로 스며든다
내부로 스며들어 껍질 안에서 더 붉어진다
붉게 익은 감정들이 툭툭 불거져 나올 때는 속수무책이다
붉게 오른 취기가 가라앉을 때까지

등을 숨기고 동이 터오기를 기다리는 것이 상책이다

나는 홍당무의 바깥쪽을 힘껏 밀어낸다
붉어지는 것을 용납하고 붉은 것의 안쪽에 도달할 때까지
비로소 나의 얼굴도 붉어지고 있다

환승역換乘驛*

너의 간절함과 나의 간절함은 방향을 달리한다
버리고 가는 홀가분한 미래와
남겨 놓은 칙칙한 과거처럼
닫혀진 탑승구는 열리지 않는다

동그라미 속으로

가두려는 자와
끝없는 탈출을 시도하는 도망자의 눈빛은
안내 방송을 따라 빛의 속도로 소멸한다

창밖으로
불분명한 언어들이 와글거리며 사라진다
잃어버린 두 개의 방 속에
제 각기 들어앉은 번데기처럼
휘어진 철로 위에서
딱딱한 모서리는 물컹거린다

기차는 선로 위에서 흔들리고
번데기는 고치 속에서 흐물거린다

알집 속에 낱낱으로 기생하는 유충처럼
너와 나의 간절함은 숙주를 향해 몸을 부풀린다

나비가 되고픈 푸른 욕망은
목적지를 상실한 채
고단백의 응어리로
비단 날개를 비벼대고 있다

* 환승역換乘驛 : 다른 노선으로 바꾸어 탈 수 있도록 마련된 역.

라라랜드

내가 부르고 싶은 노래는

도로 뱉고 싶은 너의 말들의 껍질과 그 껍질 속에 묻어있는 까끌까끌한 알갱이

레위기에 나오는 거룩한 제사장의 단도와 그 앞에 놓인 어린 양의 눈빛과
그 머리위에 얹은 공손한 손의 흰옷 입은 백성

미쳐버릴 듯 쫄깃쫄깃한 오징어 다리가 담긴 찢어버리고픈 너의 청바지

파란만장한 고등어 떼들이 원형수족관을 빙빙 돌다 생겨난 울퉁불퉁한 주둥이의 물집

솔광 하나를 따닥으로 먹고 오광에 양 피박을 씌우고 쓰리고를 했을 때의
오래된 아버지의 명쾌한 웃음 같은 것

쨍쨍한 오후 두시의 데이트

무대가 무너질 듯한 탭댄스

도무지 돌아가지 않는 너의 낡은 레코드
꼬깃꼬깃 구겨진 연분홍 치마
세상에서 가장 작은 자동차의 바퀴
실실 풀어지는 웃음을 입에 문 바늘
쭈글쭈글한 손가락 하나를 높이 치켜들고 날아갔던 새하얀 공중
투명한 한 줄 와이어

흔들리는 촛불 앞에서 줄자를 손에 쥐고 펄럭이는 그림자의 키를 재는 것이 아니라
시원하게 푸른 담장을 열고
청계천의 비린 치어들을 고향의 바다로 풀어 놓는 것

쇼윈도 부부

위로 솟구친다
방방 뛰며 하늘로 오른다
멈추려는 순간 공중에서 가위질하듯 다리를 휘저어 본다
오를까 말까 내려갈까 말까
중력이 혼돈을 일으키는 시간은
오르지도 내려가지도 않는 너와 나의 친밀한 교차점
공중에 두 발이 떠 있는 너와 나의 기막힌 분리
올라감의 공포와 내려감의 안도 사이에서 돌아가는
비열한 계산기의 숫자들은 어제 저녁
너와 내가 주고받은 눈빛처럼 어지럽다
아무렇게나 휘갈린 영수증의 사인들이
한 떼의 나비처럼 눈에 불을 켜고 달려 들고
수완나폼 국제공항에서 갑자기 먹통이 된 핸드폰처럼
너와 나의 대화는 국적을 잃은 이리 쪼끔 위로 쪼끔
한 겹 한 겹 쌓이는 묵언의 방정식
철새가 날아간 동선을 찾아
방방 뛰어올라 붕붕 날아가는 벌떼들의 면세 조건
완전한 자유를 찾아 착지할 곳을 더듬는 카프카의 변신은 무죄
발이 땅에 닿기 전까지는
방방 뛰어 붕붕 날아보는 말벌들의 함수
멀쩡한 두 다리로는 도저히 건널 수 없는 무언의 횡단보도

악수

왼쪽 가슴에 심장을 숨겨두고
나는 오른 손으로 너의 손을 잡는다

나는 오른 손을 쭉 뻗어
너의 왼쪽 가슴에 파묻힌 따끈따끈한 심장을 만지고 싶지만
펄떡펄떡 뛰는 심장소리에 놀랄 것만 같아
슬며시 방향을 틀어 너의 오른손을 잡는다

왼쪽 가슴에서 출발해 온몸을 반 바퀴 도는 동안
적당히 식어있는 너의 오른손은
차갑지도 뜨겁지도 않은 36.5도
밀어내거나 잡아당길 최적의 온도를 담고 있다

주먹을 펼쳐 손을 잡으려는 순간 손아귀의 힘이 결정된다
스칠 것인가 움켜잡을 것인가
손끝을 스치며 널뛰는 맥박
씨름 한 판이 시작되는 순간
먹이사슬의 서열이 정해지는 순간

왕궁 앞에서

예라고 대답할 때 예각이 열린다
예절을 갖춘 예각이 벽과 벽 사이에 있는
예리한 날들을 삼킨다
예사로운 대화는 예사롭지 않은 선들을 지우고
예사롭지 않았던 지난날들을 지우는 지우개가 된다
예각을 벗어난 말들이 예상치 못한 곳으로 날아가
예상치 못한 국면을 만들고
예상을 뛰어 넘는 초유의 사태가 발생한다
예의를 망각한 직립 기둥 앞에서
예각은 직각으로 구부러진다
직각으로 구부러진 예각의 등위로
한심한 듯한 직립의 교만한 눈빛이 화살이 되어 내려꽂힌다
등에서 폐를 지나 허벅지를 관통한 커다란 화살을 꽂고
기우뚱거리며 걸어가는 무수한 직각들은
화살을 뽑은 뒤에도 펴지지 않는다
한 번도 허리를 굽힌 적 없는 직립보행 기둥들 앞을
한 번도 허리를 편 적 없는 예의 바른 예각들이
머리를 조아리고 걸어가며 묻는다
당신은 예외인가요

>

은

신 예

당 외

인

가

요

●

해설

언어의 함유와 고백적 시세계

박동규 문학평론가 · 서울대 명예교수

언어의 함유와 고백적 시세계

박동규 문학평론가 · 서울대 명예교수

홍명희 시인의 첫 시집에 담긴 시편들을 읽으며 긴 시간을 보냈다. 이 '긴 시간'은 시 한 편마다 독특한 시적 형상이 그냥 지나치게 하지 않았기 때문이다. 그가 『심상』을 통해 등단한 이후 몇 번의 시들을 읽을 기회가 있었다. 그렇지만 그의 시편과 만날 수 있는 기회가 많지 않았던 탓에 보내온 시편들을 마주하면서 홀가분하게 아무 장치도 없이 그의 시와 마주하게 되었다. 읽어가는 동안 내가 받은 강한 인상은 그가 날카로운 시어로 대상의 형상을 만들어 내고 있다는 점이다. 둘째는 그의 삶에 대한 인식이나 눈빛이라고 할 관점이 항상 서정적 정서를 담고 있는 가족이나 사물을 상징적 매개체를 통해 드러내고 싶어 한다는 점이다. 그리고 이들은 그만이 그려낼 수 있는 독특한 개성으로 시 구조를 형성하려 한다는 점이다. 그러기에 하나의 독자처럼 홍명희 시인을 찾아 그가 그려놓은 시세계를 따라가며 개성과 시적 특성을 중심으로 살펴보고자 한다. 비록 엄중한 논리적 접근보다는 그의 시가 보여주는 세계를 어떻게 보아야 할까 하는 마음으로 나름의 이해를 가져보려고 한다. 특히 첫 시집이라는 점에서 그가 어떤 시를 보여주고 있나 하는 것에 관심을 두고 살펴보려 한다.

1. 시인의 미시적 관점에서 피어나는 삶의 형상들

그의 시편 중에 특별하게 눈에 띄는 것은 현실적 세계에서 일어나는 사건이나 혹은 놓여진 사물을 마치 확대경을 가지고 들여다보듯이 꼼꼼하게 살펴보고 있다는 점이다. 그 한 예가 시 「거미」를 들 수 있다. '햇거미들'이 속이 훤히 들여다뵈는 말간 핏줄을 보여주며 여덟 개의 다리로 거미줄을 타고 살아가는 모습이다. 이들이 다 자라서 솜털로 밧줄보다 굵은 밧줄에 매달려 살아간다는 거미의 한 생애를 드러내고 있다. 이런 거미의 삶은 철학자들은 인간이 짊어진 생명의 존재를 의미하고 있다. 이러한 거미는 하늘로 올라갈 수도 땅으로 내려갈 수도 없는 숙명의 삶을 그가 만든 거미줄 안에서 허공 안에서 살아야 하는 것을 보여준다. 이러한 상징적 의미를 시인은 오히려 미시적 관점에서 거미의 성장에 주목하여 세밀하게 그 과정을 시로 보여준다. 그리고 아버지의 삶도 마찬가지이다. 아버지의 현실 생활은 사다리 오르기처럼 바탕에서 나은 삶을 향한 고난의 행로이다. 이 행로를 밧줄에 매달려 올라가는 모습으로 이는 거미와 아버지의 삶이 한계적 숙명인 스스로 생명을 지키며 생존해야 하는 것으로 연결하여 시에 담고 있다. 이러한 시인의 의도를 작품을 통해 살펴보기로 한다.

웃고 있는 아버지의 어깨 위에
투명한 사다리가 놓여 있다
금방 알에서 부화한 햇거미 들이
여덟 개의 다리를 이끌고 사다리를 오른다
속이 훤히 들여다뵈는 말간 핏줄들
한 칸 한 칸 오를수록
거미의 몸집이 거지고 색깔이 짙어진다
마디마디가 굵어지고
독기처럼 뾰족뾰족 솜털이 자란다
다 자란 솜털이 거미줄이 된다
거미줄에 대롱대롱 매달린 빛나는 훈장들
꼭대기까지 올라간 거미는
온몸에 칭칭
밧줄보다 굵은 거미줄을 휘감고
방향을 틀어 아버지에게로 수직낙하한다
어버지 얼굴이 어느새
거미의 몸빛을 닮아있다

—「거미」 전문

이 시에는 아버지와 거미가 등장한다. 이 두 대상의 관계는 치밀하게 대상 간에 내포한 의미체가 복합적으로 결합되어 있다. 그러면서도 이 시는 '아버지의 얼굴' 이 거미의 몸빛을 닮아 가고 있다는 데 역점이 주어져 있다. 홍 시인은 이 두 대상의 접목을 통해 혈연의 한자리인 가장을 주목하고 있다. 이 가장은 삶의 주체적 수행자로서의 고된 삶을 보여준다. 거미가 그가 만든 거미줄에 매달려 살아가야 하는 것처럼 가장은 가족의 생계를 짊어지고 생존의 밧줄에 매달려 살아가는 지난한 고행을 보여주고 있다. 특히 이를 드러내게 하기 위해 선택한 시의 그릇은 홍 시인만의 특별한 개성을 드러나게 한다. 거미의 성장과정을 미시적으로 접근하고 이를 통해 아버지의 마디마디 굵어져가는 과정을 결합하고 있다. 이를 사다리라는 상징을 통해 의미 교합하여 자연스럽게 만든다. 이 결합은 비유의 표현기법을 이용해 멋진 설정이 되어있다. 시에서 표현기법이 주제와 상관하여 그 긴장의 확대를 이루게 하는 것은 참으로 중요하다. 홍 시인은 이 점에서 단단한 시를 빚고 있다고 할 것이다. 다음「못」이라는 시를 보자.

> 못은 모자란 곳에 박힌다
> 박고 싶은 자의 손에 잡혀
> 박고 싶은 자가 택한 지점에 박혀 진다
> 가로와 세로 높이와 두께 박힐 곳의 단단함을 계측하여
> 선택된 위치에 뾰족하게 놓여진다
> 뾰족한 상태로 붙들린 못은
> 망치질과 더불어 불꽃을 일으키며
> 모자란 곳으로 파고든다
> 단숨에 박힌 못은 제 자리를 찾아 휴면에 들고

서툰 자의 손에 잡힌 못은
비명을 지를 틈도 없이
예측하지 못한 곳으로 튕겨져 나간다
튕겨져 나가 구부러진 못은
오래된 네모난 깡통 속으로 버려지고
인색한 자의 망치 아래서
협착증 환자처럼 허리를 난타 당한다
잘 박혀진 못은 흔들리지 않는다
통째로 부수지 않고서는
뿌리를 뽑아낼 수 없다
모자란 곳에 박혀 모자람을 대신한 못은
빈곤한 웃음으로 하루를 견디며
힘겨운 것들의 등허리를 받쳐 준다
갈라진 틈과 삐걱거리는 모서리에서
못은 숙련공의 익숙한 망치질을 기다리며
뾰족한 웃음을 흘리고 있다
고운 노래가 살을 파고 들 듯
못은 못 속으로 파고 든다

—「못」 전문

이 시는 특이하다. 못이 망치질하는 이에 따라 달라지는 형태를 시인은 주목하고 있다. 어찌 보면 옛날 고담처럼 보일 수도 있다. '박고 싶은 자'에 따라 못의 자리가 정해진다. 그러면서도 '선택된 위치에 따라 뾰족한 못'은 박혀지면서 형태가 변한다.

또 못을 박는 사람에 따라 못의 운명이 달라진다. 평범하고 단순한 이야기를 시로 시화하고 있다. 그래서 이 시는 사설성이 강하다. 이 사설성은 못의 운명에 따라 달라지는 형태와 인간을 결합하고 있다. 그런데 이 시에서 못이 보여주는 형태의 변형이라는 점이 시적 상상을 통해 무엇을 보여주고자 하는가에 대해 생각해보게 한다. 특히 '모자란 곳'에 못이 박힌다는 전제가 결국 도달하는 것은 빈곤한 웃음을 견디며 힘겨운 등허리를 받쳐준다는 점에 이른다. 이 시 역시 삶에서 생겨난 고난의 자리에 던져진 문제를 시적 기법을 통해서 드러나게 하고자 한다. 그러기에 이 시는 현실에 대한 미시적 접근을 홍 시인은 하고 있다는 것을 알 수 있다. 못의 존재는 현실에 던져진 인간일 수 있고 때로는 인간이 하고자 하는 욕망의 한 형태라고 할 수 있다. 시인의 관점과는 별개로 날개를 펴서 상상할 수 있다는 점이 이 시의 한 특성이다.

2. 삶의 한 단면과 감추어진 칼날 같은 서정의 울림

홍명희 시편에서 주목해볼 점은 그가 선택한 소재의 특성이 삶이 빚어낸 현실의 한 현상에 있다는 점이다. 그가 유독 삶의 그늘진 곳에 놓여진 사물에 관심을 가지고 이를 형상화한 시를 보여준다고 해서 그가 현실에 대한 집착된 의지를 시로 엮어가려고 하는 듯이 보이지는 않는다. 오히려 감성이 지닌 서정성의 색깔을 전제하여 인간의 슬픔이니 고뇌와 같은 서정적 정서를 들어내 보여주고자 하는 점이 강하게 보여진다. 이는 그가 말하

듯 서정 시인임을 밝혀주는 단서가 되지만 홍 시인은 가족의 생활에 놓여있는 주위에서 볼 수 있는 사물을 선택하고 있다. 이는 경험의 밭에서 주워낸 감정의 알갱이들을 모아 펼쳐놓고 있게 한다. 그의 시「놋대야」를 보자.

> 꼭 쥔 어머니의 손에는 한 줌의 쌀이 있다
> 한 줌의 쌀을 얻기 위해 다락논을 오르던
> 아버지의 두툼한 발이 있고
> 저녁이면 그 발을 뜨신 물로 감싸 안던 펑퍼짐한 놋대야가 있다
> 놋대야 안에서 뽀드득 뽀드득 소리를 내며 풀어지던 비탈길
> 아버지의 종아리가 있다
> 등짐의 무게만큼 튀어나온 종아리의 푸른 정맥이
> 아버지와 함께 사라졌다
> 그 푸른 정맥 속으로 마구마구 뛰어다니던
> 철없는 아이들 웃음소리
> 제각기 길을 찾아 날아가는 철새들의 하늘
> 그 하늘
> 둥근 우물 놋대야에
> 어린 청개구리들이 놀고 있다
>
> —「놋대야」 전문

이 시에서는 집안에 놓여 있던 놋대야에 대한 기억을 담고 있다. 이 놋대야에 어린 시절 그가 본 광경들의 살아가는 한 가족의 생활을 통해서 시적 의미체로 짜여진다. 먼저 어머니의 손에

들려 있던 한 줌 쌀은 '아버지의 두툼한 발'에서 얻은 소출이다. 가장으로 한 가족의 삶을 어깨에 메고 살아야 했던 아버지는 어쩌면 아버지라는 호칭보다는 아버지가 밖으로 나가 활동하게 한 '발'이 딸의 시각에서는 아버지의 삶을 알게 하는 증표證票로 삼을 수 있을 것이다. 이와 같은 시인의 감성적 상상은 놋대야를 통해서 의미를 확대하게 된다. '펑퍼짐한 놋대야'에 담긴 아버지의 종아리는 비탈길을 오르내리며 '뽀드득 뽀드득' 소리를 내며 힘들게 농사짓고 고생하던 아버지의 삶에서 생긴 소리라고 할 수 있다. 그리고 그 다리에서 드러나던 '푸른 정맥'은 등짐의 무게를 견뎌오던 것으로 보여진다. 그리고 놋대야에 담기던 푸른 정맥의 부재不在는 아버지와의 결별이 되고 결별의 뼈아픈 추억은 딸의 어린 날을 소생시켜 보여주게 한다. '마구마구 뛰어다니던 철없는 아이'의 행복한 웃음소리를 듣게 한다. 그리고 아버지가 없는 시간의 경과를 지나며 이제 '놋대야'에는 어린 딸의 「청개구리」 시절이 담겨 있다. 이 시에 대한 평면적인 해석이지만 시인이 드러낸 어린 시절 아버지와의 삶은 놋대야를 통해서 빛의 굴절처럼 반사되고 있다. 홍 시인은 이 반사의 방법으로 명징한 삶 안에 녹아 있는 인간의 사랑과 연민을 마치 바탕색처럼 감추고 있는 것이다.

다음 시를 보자.

나는 반 지하에 살아요

아무리 발돋움해도 해를 볼 수 없다는 건

내 위의 그늘이 짙기 때문이다

그늘을 견딘다는 건
눅눅함을 참아내는 일이야
그늘 속에는 햇빛이 벗어던진
한 꺼풀의 옷자락이 있지
그 옷을 보며
보디발의 아내에게서 달아나던
요셉의 두명한 얼굴을 떠올려요

분홍빛 얼굴은 매일 물결치고 있어서
언제 울음이 터질지 몰라
넌 늘 둥근 손수건을 준비하지
해금처럼 슬픈 목소리를 품고 있다는 건
너의 뿌리가 단단하게 얽혀 있는 까닭이야

오래 견딘 눈물은 약이 될 수 있겠지
먼 곳을 바라보는 동안
가슴이 시큰거리는 사람들은
목숨 같은 뿌리를 찾아
긴 겨울의 멍든 통로를 빠져 나가지

깽깽이 같은 울음소리
깽깽이 같은 발자국

햇살마저 비껴가는 그늘 속으로

—「당신의 반쪽」 전문

이 시는 자아의 삶에 대한 감정적 행로를 그리고 있다. '나는 반 지하에 살아요'라고 첫 구절에서 화자의 존재가 놓여진 현실의 자리를 설정하고 있다. 그늘이 짙기 때문에 해를 볼 수 없는 자리가 바로 반 지하이다. 화자가 보여주고 싶어 하는 실체는 해가 닿지 않는 그늘의 자리이다. '햇살마저 비껴가는 그늘'은 슬픔이나 비운의 예감을 지니고 있다. 그러하기에 '언제 울음이 터질지 몰라 늘 손수건을 준비'하는 생존의 슬픈 감성적 시달림을 가지고 있다고 할 것이다. 그리고 이 자리에 공동의 생활을 누리는 너라는 타자와는 삶 인식의 공생이라는 뿌리를 근거로 놓여 있다. 그러나 이들은 '긴 겨울의 멍든 통로를 빠져' 나가고 있다. 이 시에서 반 지하에서 반쪽과 반쪽이 하나의 공간 안에서 삶이 주는 그늘을 안고 살아가는 서러움의 가락을 사설을 풀어내듯이 그려낸다. 시인은 위의 「놋대야」가 상징하는 삶의 의미처럼 반 지하에서 살아가는 그늘이 주는 서러움의 가락을 그려낸 것이다. 이와 같이 시인은 하나의 습관처럼 의미체를 지닌 사물과의 조우遭遇를 기억하고 이 기억 안에서 만화경을 돌리면 수많은 다른 화면들이 펼쳐지듯이 그의 과거적 삶의 인자들을 불러 정서적 색깔을 만들어내는 것이다. 그러면서 이 색깔들은 특이하게도 고난이나 삶의 고통에 대한 가성적 확대보다는 바로 그가 살아있음을 증언하는 써늘한 고백이 담겨 있어서 감동의 울림이 전해지리라 생각한다. 홍 시인의 시편들은 시의 형상들이 여러 조각이 모여 하나를 이루는 미시적 시각에서 얻어진 사물과 사물에 입힌 시인의 삶 인식이 서정 감각으로 담겨 있다고 할 것이다.

3. 가족과 방사선적 발광체로의 사물

홍 시인이 시에는 그만의 독특한 환상을 불러오는 힘이 있다. 이 힘은 시의 전체적 확신에서 찾을 수 있다. 다음의 시를 보자.

> 대추나무에 아버지의 연이 성글게 걸려있고
> 아이들은 연을 내리려 고양이처럼 지붕 위로 올라갔다
>
> 지붕 위엔 고양이의 세상이 펼쳐져 있다
> 살금살금 소리 내지 않고 내려다보면
> 담 밑에서 꼬물꼬물 기어가는 벌레들의 웃음이 보이고
> 그 웃음의 꼬리를 물고 따라가는 햇병아리들의 종종걸음이 보인다
>
> 부채표 활명수가 나란히 꽂힌 화단에는
> 키 작은 채송화가 어린 강아지와 눈을 맞추고
> 작은 꽃잎을 눈에 담은 강아지는 마당을 가로질러
> 분홍빛으로 뛰어다닌다
>
> 그 마당 한쪽에 펌프질하는 아버지의 굵은 팔뚝

그 옆에서 산더미 같은 빨래를 헹구는 어머니의 하얀 웃음

그리고, 우리집 안방 윗목에는
힘주어 쥐어 짠 어머니의 삶이
잠든 고양이 발바닥처럼 엎드려있다
—「걸레」 전문

이 시는 아버지와 어머니와 함께 살던 유년시절의 기억이 담겨 있다. 한 가족의 울타리 안에는 아버지와 어머니 그리고 아이들이 있다. 그리고 강아지도 고양이와 채송화도 있다. 이들이 울타리 안에서 하나로 엉켜 있다. 이들이 서로 엉켜 살아가는 형상을 이룬다. 먼저 아이들은 아버지가 만들어준 연이 대추나무에 걸려 있는 것을 내리려고 지붕에 살금살금 올라간다. 이 지붕에는 살금살금을 이어주는 고양이가 있다. 그리고 아이들의 눈에는 벌레들의 웃음이 보이고 햇병아리들의 종종걸음이 보인다. 이들은 평온한 어느 집 울타리 안의 풍경이면서 평온한 삶의 즐거움이 아이, 강아지, 고양이, 햇병아리, 벌레에서 피어나고 있다. 이 방사선적으로 펼쳐진 것들은 각각의 모양새를 통해 즐거움의 상상을 발화하고 있다. 이러한 발화의 구체적 형상은 다음 연에서 연관된다. 화단에 핀 채송화와 강아지의 눈 맞춤이 '작은 꽃잎을 눈에 담은 강아지'가 '분홍빛으로 뛰어다닌다'의 의미적 결합체로 이루어지는 것이다. 그의 풍경의 완성은 마당 안 아버지와 어머니의 펌프질하는 삶의 내용으로 이관된다. 즉 '펌프질하는 아버지의 굵은 팔뚝'과 '산더미 같은 빨래를 헹구는 어머니

의 하얀 웃음'과 마주한다. 이 아버지의 굵은 팔뚝은 가족을 이끌며 살아온 인간의 보편적인 삶의 역정을 내포하고 있다. 그리고 어머니의 웃음은 한 가정의 짊어지고 살아가며 얻는 삶의 성취에 대한 만족을 내포하고 있는 것이다. 아버지의 팔뚝과 어머니의 웃음은 역설적이게도 싱싱한 생명의 가치를 보여주는 것이 된다. 아무리 고생하더라도 가족과 함께 사는 즐거움이 이들의 형상에 그대로 녹아 있는 것이다. 그러나 이를 바라보는 시인의 화자의 시각이 이와 다르다. 즉 '우리집 안방 윗목에는 힘주어 쥐이 짠 어머니의 삶'이 놓여 있다는 점이다. 이에 시인은 '걸레'를 제목으로 붙여 이 가정 안에서 유독 어머니만의 삶을 상징하게 한다. 이는 어머니가 집안에서 지니는 위치나 역할의 문제라기보다는 어머니가 하는 일들이 마치 '걸레'로 닦아야 사람 사는 집이 되는 것을 보여주기 위한 것이 아니었나 추론해본다. 홍 시인은 그만의 개성이지만 전체적 조감이 주는 의미의 확대가 아니라 집안에서의 어머니라는 역할의 특성을 보여주고자 한다. 이는 그의 시가 뾰쪽한 첨탑처럼 하나의 상징으로 삶의 내면을 울려주려는 의도가 숨어 있다고 할 것이다.

그녀가 웃으면
벌어진 이 사이로
자갈 구르는 소리가 들린다

(중략)

구르지 않는 수레를 밀며

꾀죄죄한 앞치마가 턱밑으로 떨어지는 땀방울을 받아낸다

고물들 사이

양은냄비 뚜껑을 열고

반쯤 녹아 출렁거리는 얼음 페트병을 꺼내든다

션한 물 좀　줄　까　요

소리는 폐지 더미에 묻혀 들리지 않는다

벙어리 여자가 수레를 반 바퀴 돌아

제자리에서 발바닥이 닳은 사내에게 얼음물을 건넨다

사내의 목구멍에서 달그락달그락

얼음 부딪치는 소리가 들린다

—「달그락거리는 소리」 부분

이 시의 중심을 이루고 있는 내용은 '벙어리 여자와 그의 사내'이다. 폐지를 모아 리어카에 싣고 가는 이들 부부의 고단한 생활을 대상으로 시인은 연민 섞인 고달픈 삶의 형상과 이들이 살아가면서 나누는 따뜻한 정情을 교합하고 있다. 그러면서 그들의 고달픈 삶에서 풍기는 정서적 감정을 표현하려고 도입하고 있는 시적 장치로서 한 자락으로 힘들게 굴러가는 수레를 끌고 가는 여자의 비명이기도 하다.

홍 시인은 그녀라고 지칭하는 벙어리 여자가 웃으면 드러나는 벌어진 치아 사이에서 '달그락거리는 소리'가 난다고 한다. 이

소리의 근원은 리어카 한 대로 사내와 살아가는 험난한 삶의 모양에 담겨 있다. 수레의 바퀴가 '닳고 닳아' '찢기고 찢겨' 네모가 되었을까로 상정하고 있다. 그리고 여자의 모습도 '꾀죄죄한 앞치마가 턱밑으로 떨어지는 땀방울'을 받아내고 있다고 그린다. 이런 광경에서 시선을 옮기는 것은 페트병이다. 양은 냄비 뚜껑을 열고 반쯤 녹아 출렁거리는 얼음 페트병을 꺼내든 행위이다. 이는 사내가 목이 타서 내뱉는 또 다른 비명과 연관된다. '션한 물 좀 줄 까 요'하고 자간 거리를 소리에 맞추어 드러내 놓은 사내의 소리와 연관되어 있다. 아내가 건넨 페트병에서 물을 마실 때 사내의 목구멍에서 나는 소리가 된다. 즉 달그락거리는 소리는 아내의 입과 사내의 목에서 나는 소리로 동질성을 가지게 된다. 홍 시인은 소리의 동질성을 통해서 고단한 삶의 비명과 부부로 살아가는 삶의 싱싱한 소리로 양면성을 의미화하고 있다. 시인은 이와 같이 상징이라는 내포적 의미체를 이용하여 그가 담고 싶어 하는 세계와 인간의 삶이 지닌 세계를 결합한 것이다. 이는 앞서 살펴본 가족의 문제처럼 동일한 시적 설정을 하고 있고 이는 그만의 독특한 시 구조를 만들어 내는 기법이 되고 있는 것이다.

4. 시인의 이중적 소리와 첫 시집의 개성적 몸짓

이제 끝으로 그의 서문에서 밝히고 있는 '시인의 말'에 주목하고자 한다. 그가 그의 작품에 대한 창작의 입장을 밝히고 있다. 그는 '이것은 소리다'라고 한다. 이 소리는 '실체를 이룰 수 없었던 엉성한 자음과 모음의 낱글자들'이라고 한다. 그의 이 선언적 고백은 그가 그의 시가 어떻게 하나의 소리인 음吟으로 자리 잡았음을 밝히고 있다. 소리는 흔적도 없는 실체일 뿐이다. 흔히 경험의 모든 것을 담고 있는 인간의 무의식은 경험의 총화總和이다. 이 총화는 먼지처럼 무의식의 공간에 부유한다. 이를 교향악적 소재라고 한다. 이는 보이지 않는 소리이다. 그러다가 환자로 발라놓은 창에 바늘구멍이라도 있을 때 햇빛이 내리면 한 줄기 빛줄기가 방안으로 내려오면 빛의 줄기에 부유하던 먼지들이 보여지게 된다. 이 교향악적 소재가 기억의 통로를 타고 보여지는 경험의 실체로 자리 잡는 것이다. 홍 시인은 이와 같이 조립되지 않은 그의 내면의 체험적 언어들이 자연스럽게 스스로 이어져 뿌리를 내리고 자유로운 노래와 시로 이루어지는 새로운 생명의 출산을 꿈꾸고 있는 것이다. 홍 시인은 서정 시인이다. 그러기에 시편들은 모자이크처럼 가녀린 색채의 언어들이 서로 다르게 조응하고 이를 상징적 사물의 선택을 통해 마음의 세계를 보여준다. 이제 묶어진 첫 시집을 통해 그가 억지로 빚어낸 기교의 시가 아니라 어쩔 수 없이 세상에 나오고야 만 자유로의 유영遊泳의 소리가 그만의 시세계를 이루는데 성공하기를 빈다. 첫 시집 출간을 축하한다.

홍명희 시집

나무의 입술이 움직이기 시작했다

발　행 2020년 12월 25일
지 은 이 홍명희
펴 낸 이 반송림
편집디자인 김지호
펴 낸 곳 도서출판 지혜 · 계간시전문지 애지
기획위원 반경환 이형권
주　소 34624 대전광역시 동구 태전로 57, 2층 도서출판 지혜 (삼성동)
전　화 042-625-1140
팩　스 042-627-1140
전자우편 ejisarang@hanmail.net
애지카페 cafe.daum.net/ejiliterature

ISBN : 979-11-5728-425-2 03810
값 10,000원

* 이 사업은 대전광역시, (재)대전문화재단에서 사업비 일부를 지원 받았습니다.

홍명희

홍명희 시인은 충북 괴산 연풍에서 태어났고, 청주대성여고를 졸업했다. 2016년『심상』신인상으로 등단했으며, 현재 한국방송통신대학교 재학중이다.
홍명희 시인의 첫 시집『나무의 입술이 움직이기 시작했다』는 '흔적없는 소리의 실체'를 찾아 '자음과 모음'으로 엮어낸 시집이며, 그 '소리의 낱글자들'(「시인의 말」)이 영원한 사랑의 노래로 울려퍼진 시집이라고 할 수가 있다.

이메일: myeonghih@naver.com

J.H CLASSIC 시리즈

001 물금 • 최서림
002 꽃을 보듯 너를 본다 • 나태주
003 코코아 속 강아지 • 이재복
004 사랑이여 조그만 사랑이여 • 나태주
005 봄의 왈츠 • 류 현
006 달의 이동 경로 • 이서빈
007 나비의 방 • 엄재국
008 따뜻해졌다 • 황영숙
009 틀렸다 • 나태주
010 몽상가의 턱 • 오현정
011 꽃요일의 죽비 • 이아영
012 체리나무가 있는 풍경 • 박수화
013 운문호일雲門好日 • 이혜선
014 텃골에 와서 • 이 명
015 붉은 혀 • 김환식
016 하얀성 • 박지현
017 바닷물고기 나라 • 박만진
018 콩나물은 헤비메탈을 좋아하지 않는다 • 한인숙
019 방아쇠를 당기는 아침 • 박은주
020 시인의 재산 • 최서림
021 안경을 흘리다 • 권혁재
022 벼랑 끝으로 부메랑 • 오영미
023 파주 • 이동재
024 왼손의 애가哀歌 • 최혜옥
025 그녀였던 나 • 임경숙
026 스무 살은 처음입니다 • 장석주
027 판타지아, 발해 • 박해성
028 강물처럼 • 한석수
029 만해 동주 이상 백석 소월 • 반경환
030 입맞춤 • 이동식
031 나무 다비茶毘 • 박방희